Duden

222 Diktate

5. bis 8. Klasse

Regeln und Texte zum Üben

6., aktualisierte und erweiterte Auflage

Mit Illustrationen von Elena la Rovere

Dudenverlag
Berlin

Die Duden-Sprachberatung beantwortet Ihre Fragen
zu Rechtschreibung, Zeichensetzung, Grammatik u. Ä.
montags bis freitags zwischen 09:00 und 17:00 Uhr.
Aus Deutschland: **09001 870098** (1,99 € pro Minute aus dem Festnetz)
Aus Österreich: **0900 844144** (1,80 € pro Minute aus dem Festnetz)
Aus der Schweiz: **0900 383360** (3,13 CHF pro Minute aus dem Festnetz)
Die Tarife für Anrufe aus den Mobilfunknetzen können davon abweichen.
Den kostenlosen Newsletter der Duden-Sprachberatung können Sie
unter www.duden.de/newsletter abonnieren.

Bibliografische Informationen der Deutschen Nationalbibliothek
Die Deutsche Nationalbibliothek verzeichnet diese Publikation in der
Deutschen Nationalbibliografie; detaillierte bibliografische
Daten sind im Internet über http://dnb.dnb.de abrufbar.

Bibliographisches Institut GmbH, Mecklenburgische Straße 53, 14197 Berlin

Autorinnen und Autoren Maria Bley, Marion Clausen, Marc Dehoust, Maria Geipel,
Wiebke Gerstenmaier, Sonja Grimm, Annegret Ising, Kerstin Kraemer, Holger Moos,
Monika Pfitzner-Göbel, Hans-Jörg Richter, Andrea Weller-Essers

Redaktionelle Leitung David Harvie
Redaktion Maria Bley

Herstellung Uwe Pahnke
Layout Bachmann Design, Weinheim
Illustration Elena La Rovere
Umschlaggestaltung Büroecco, Augsburg
Umschlagabbildung Mädchen (Diana Grytsku/Shutterstock.com), Junge (Valiza/Shutterstock.co
Audios auf Landingpage CON MOTO (Ludwigshafen), studio_wort (Berlin)
Satz Elstersatz, Stefan Hergenröder, Wildflecken
Druck und Bindung AZ Druck und Datentechnik GmbH,
Heisinger Straße 16, 87437 Kempten
Printed in Germany

ISBN 978-3-411-72316-4
www.duden.de

PEFC
PEFC/04-31-2260
PEFC zertifiziert
Dieses Produkt stammt aus nachhaltig bewirtschafteten Wäldern und kontrollierten Quellen.
www.pefc.de

Inhalt

Empfohlen für: 5 = 5. Klasse 6 = 6. Klasse 7 = 7. Klasse 8 = 8. Klasse

 Empfohlen für: 5 = 5. Klasse 6 = 6. Klasse 7 = 7. Klasse 8 = 8. Klasse

Empfohlen für: 5 = 5. Klasse 6 = 6. Klasse 7 = 7. Klasse 8 = 8. Klasse

 Empfohlen für: 5 = 5. Klasse 6 = 6. Klasse 7 = 7. Klasse 8 = 8. Klasse

Empfohlen für: 5 = 5. Klasse 6 = 6. Klasse 7 = 7. Klasse 8 = 8. Klasse

INHALT

Empfohlen für: 5 = 5. Klasse 6 = 6. Klasse 7 = 7. Klasse 8 = 8. Klasse

Liebe Schülerin, lieber Schüler!

Mit diesem Buch kannst du gezielt Diktate üben, um mehr Sicherheit in der deutschen Rechtschreibung zu bekommen. Du wirst dich wundern, wie schnell sich die Übungen als Erfolge in der Schule bemerkbar machen – sowohl in Diktaten als auch in Aufsätzen.

Du weißt bereits, auf welchem Gebiet der Rechtschreibung und Zeichensetzung du besonders häufig Fehler machst? Dann findest du im Inhaltsverzeichnis das für dich passende Kapitel. Die Angabe der Klassenstufe ist allerdings nur eine grobe Orientierung, da nicht alle Lehrerinnen und Lehrer gleich unterrichten. Wenn du erst herausfinden möchtest, wo deine Fehlerschwerpunkte liegen, nutze die Checkliste zur Fehleranalyse auf Seite 223.

Über den meisten Diktaten steht ein Merkkasten zu dem Rechtschreibthema, um das es hier geht. Außerdem findest du die wichtigsten Rechtschreibregeln mit Beispielen zum schnellen Nachschlagen oder zum Auffrischen deiner Kenntnisse unter **www.duden.de/222-diktate.**

In den Diktaten sind die Wörter oder Phänomene zum jeweiligen Rechtschreibthema farbig hervorgehoben. Dort, wo es mehrere zulässige Schreibvarianten gibt, steht im Diktattext die von Duden empfohlene Variante. Die senkrechten Trennstriche markieren die Abschnitte, in denen das Diktat vorgelesen werden sollte.

Auf **www.duden.de/222-diktate** gibt es eine MP3-Version aller Diktate zum Anhören und selbstständigen Üben. Unter dieser Website findest du außerdem Karteikarten zum Ausdrucken (↑ S. 224). Damit kannst du dir zusätzlich deine ganz persönliche Lernwörter-Kartei anlegen.

1 Groß- und Kleinschreibung

1.1 Grundsätzliches

Substantive

Substantive (Nomen, Hauptwörter) und Eigennamen schreibt man groß. Substantive stehen häufig mit einem Artikel. Es gibt bestimmte Artikel *(der Garten, die Schule, das Haus)* und unbestimmte Artikel *(ein Garten, eine Schule, ein Haus)*. Substantive können auch Adjektive, Pronomen und Zahlwörter vor sich haben oder einen Artikel, der mit einer Präposition verschmolzen ist *(am = an dem, beim = bei dem)*.

Wandertag im Kletterwald |

Unsere **Lehrerin Frau Schäfer** hatte eine abenteuerliche **Idee**. | Der erste **Wandertag** im neuen **Schuljahr** | führte uns zum benachbarten **Kletterwald**. | Natürlich waren wir aufgeregt | und auch ein bisschen ängstlich. | Mit den ausführlichen **Erklärungen** der **Trainer** | verschwanden jedoch alle **Bedenken**. | In luftigen **Höhen** gelangten wir | über wackelige **Brücken**, schwingende **Seile** | und schmale **Bretter** von **Baum** zu **Baum**. | **Helm** und **Sicherheitsgurte** | gaben uns dabei ein gutes **Gefühl**. | Wenn doch einmal die **Beine** schlackerten, | sprachen wir uns gegenseitig **Mut** zu, | sodass* wir alle **Schwierigkeitsstufen** gemeinsam meisterten. | Das war ein **Ausflug** voller **Spaß** und **Spannung**. | Nur **Frau Schäfer** kämpfte mit **Höhenangst** | und beobachtete uns lieber vom **Boden** aus.

106 Wörter

* *auch:* so dass

5. KLASSE

Substantivendungen

Einige Substantive kann man an ihren Endungen erkennen.
Wörter auf **-ung, -nis, -heit, -keit, -tum** und **-schaft** sind Substantive und werden großgeschrieben.

Die Familie des Grafen Dagobert |

Die Tapferkeit Dagoberts | ist überall bekannt. | Onkel Hubert war einst | in Gefangenschaft geraten, | doch dank Dagoberts Kühnheit | konnte er befreit werden. | Die Schönheit seiner Tochter Hulda | ist berühmt. | Aus purer Bosheit | verbot Großvater Georg ihr jedoch das Tanzen. | Damals waren die Menschen | nämlich Eigentum des Grafen. | Zur Beratung kommt oft | Vetter Heribert ins Schloss. | Auch der Auftritt Tante Hildegards | ist immer ein Erlebnis, | weil sie ihren ganzen Reichtum an Schmuck | zur Schau stellt. | Graf Kunibert sieht vor Eitelkeit in jeden Spiegel. | Das Verhältnis zwischen Kunibert und Dagobert | ist so schlecht, | dass man in der ganzen Grafschaft | darüber redet.

103 Wörter

Schreibung nach Doppelpunkt

Folgt nach dem Doppelpunkt ein vollständiger Satz, wird das erste Wort großgeschrieben. *(Folgendes ist wichtig: Die Fenster müssen geschlossen bleiben.)* Folgt kein selbstständiger Satz, sondern z. B. eine Aufzählung, schreibt man das erste Wort klein. *(Zum Ausflug sind mitzubringen: ein Rucksack, Papier und Bleistift.)*
Das erste Wort einer direkten Rede nach dem Doppelpunkt wird großgeschrieben. *(Lisa fragte: „Kannst du mir bitte helfen?“)*

Ein neuer Anfang |

Als Mutter nach Hause kam, | rief sie schon in der Tür: | „**Aufgepasst**! Ich habe eine wichtige Nachricht: | **Wir** können nächsten Monat nach Australien übersiedeln.“ | Sofort brach ein vielstimmiger Tumult aus: | **Mein** kleiner Bruder jubelte, | Vater sorgte sich: | „**Wir** haben die Umzugskisten noch gar nicht bestellt!“, | und ich rief immer wieder: „**Endlich**!“ | Mutter mahnte zur Ruhe: | „**Jetzt** müssen wir organisieren: | **Wer** ruft die Vermieter in Übersee an?“ | Es kam, wie es immer kam: | **Alles** musste Mutter allein managen. | Sie kümmerte sich: | **um** das neue Haus in Australien, | um das Meldeamt, um die Schulen. | Mein Vater verschanzte sich hinter der üblichen Bemerkung: | „**Ich** habe vorher im Büro noch so viel zu tun.“ |

Ich packte derweil die mir zur Verfügung stehenden Kisten: | **eine** mit Büchern, eine mit Zeitschriften und CDs, | eine mit Krimskrams. | Die Stofftiere passten nicht mehr hinein. | Es gab nur einen Ausweg: | **Sie** mussten dableiben. | Auch von den Büchern sortierte ich einige aus: | **die** Märchenbücher, die Bilderbücher und die Comics. | Manchmal fiel es mir schwer, | aber ich sagte mir: | **Jeder** Abschied ist auch ein Neubeginn.

177 Wörter

6. KLASSE

Eigennamen und feste Begriffe

In mehrteiligen Eigennamen (z. B. geografischen Namen, historischen Ereignissen, Sternbildern u. a.) und vielen festen Begriffen wird auch das dazugehörige Adjektiv großgeschrieben *(das Tote Meer, der Heilige Abend, der Zweite Weltkrieg, der Große Wagen, das Deutsche Rote Kreuz).*

Lieber Papa, |

wie versprochen schaue ich jeden Abend | in den Sternenhimmel, | sehe den Kleinen Bären | und sende Dir* Grüße | über den Atlantischen Ozean. | Du wolltest wissen, | was wir in der Schule gerade durchnehmen. | In Geschichte sprechen wir über Russland. | Wir haben von Katharina der Großen gehört, | dem Roten Platz in Moskau | und von der Transsibirischen Eisenbahn. | Julian hat erzählt, | dass sein Vater mit dieser Bahn | bis nach China gefahren | und auf der Großen Mauer entlangspaziert ist. |

Der ist ja auch bei den Vereinten Nationen! | Aber warum muss Julian | immer damit angeben? | In Religion hat Herr Friedrich | uns aus der Heiligen Schrift, | aus dem Alten Testament, vorgelesen. | Was müssen die für einen Durst gehabt haben, | als sie durch die ägyptische Wüste gewandert sind. | So wie ich bestimmt, | darum mache ich jetzt Schluss, | sonst muss Mama Erste Hilfe | bei einem Verdurstenden leisten. |

Komm bald wieder, |
Dein* Jan

145 Wörter

* *auch:* dir · dein

Eigennamen und feste Begriffe

Die Eigennamen und festen Begriffe (↑ S. 13) sollte man sich einprägen *(der Rote Platz in Moskau,* aber: *das rote Haus; das Alte Testament,* aber: *der alte Mann; Peter der Große,* aber: *der große Baum).*

Kurzdiktat | Kurznachrichten |

Wie aus dem **Weißen Haus** in Washington verlautete, | haben Weiße und Schwarze mit **vereinten Kräften** | an der Erklärung gegen die Rassendiskriminierung gearbeitet. | Am **Heiligen Abend** wird der Papst | zum **ersten Mal** die **heilige Messe** | in verschiedenen Sprachen lesen. | Zu den Kundgebungen am **Ersten Mai** | werden mehrere Tausend* Teilnehmer erwartet. | Wie in London mitgeteilt wurde, | hat das **englische Forschungsteam** sein Ergebnis | zu den Ursachen des **Dreißigjährigen Krieges** veröffentlicht. | Die Friedensbemühungen im **Nahen Osten** dauern an. | Der **Deutsche Bundestag** sprach sich am Morgen | für eine Unterstützung der Verhandlungen aus. | Am Sitz der **Vereinten Nationen** hat am Abend | eine **dritte Expertenkommission** Stellung genommen. | Man erwartet eine Lösung in **naher Zukunft**. | Wie das **Zweite Deutsche Fernsehen** berichtet, | wird **Seine Königliche Hoheit**, | **Prinz Philip der Dritte**, | morgen in seiner Heimatstadt erwartet. | Die **königlichen Wachen** stehen am Schloss bereit. | Am Jahrestag der **Französischen Revolution** | wird der **französische Staatspräsident** eine Rede halten. | In Essen endete am Abend | der **zweite deutsche Ausscheidungswettkampf** im Inlineskating. | Die Veranstalter versprachen für die **nahe Zukunft** | ein **internationales Turnier**.

167 Wörter

* *auch:* tausend

7. KLASSE

Eigennamen und feste Begriffe

In mehrteiligen Eigennamen und vielen festen Begriffen wird auch das dazugehörige Adjektiv großgeschrieben (↑ S. 13). In einigen Fällen kann man das Adjektiv sowohl groß- als auch kleinschreiben; die Großschreibung verdeutlicht dann den besonderen Gebrauch der Verbindung *(das Schwarze/schwarze Brett, die Neuen/neuen Medien).*

Weihnachtstraditionen |

Am Morgen des **Heiligen Abends** bereiten wir das abendliche Weihnachtsbuffet | mit Spezialitäten aus dem **Thüringer Wald** vor. | Für meine Schwester gilt eine Ausnahme. | Als Vegetarierin liegen ihr | die Lebewesen des **Blauen Planeten** besonders am Herzen, | weshalb meine Oma einen **griechischen Salat** mit Oliven kreiert. |

Bei der Bescherung wird gewürfelt, | in welcher Reihenfolge die Geschenke ausgepackt werden. | Mein kleiner Bruder wünschte sich im letzten Jahr | ein Buch zu den **sieben Weltwundern**, | dieses Jahr interessieren ihn exotische Tiere. | Besonders faszinierend findet er den **Indischen Elefanten**, | die **Nordische Wühlmaus** und die **Schwarze Witwe**. | Für meine Großeltern habe ich rechtzeitig | ein Fotobuch zur goldenen Hochzeit* anfertigen lassen. | Der Wunsch meiner Eltern ist bescheiden, | sie möchten für ihren Schrebergarten einen **Schwarzen Holunder** und ein **Fleißiges Lieschen**. |

Nach dem Essen werden die Gesellschaftsspiele vom Dachboden geholt. | Mein Opa liebt Kartenspiele und versucht beim **Schwarzen Peter*** ständig zu schummeln. | Auch der **schwarze Humor** meines Vaters sorgt für Zündstoff | und strapaziert unsere Geduld. | Der Gewinner des Abends hat das **große Los** gezogen: | Bis zum **Ersten Mai** des Folgejahres | bleibt er vom sonntäglichen Brötchenholen verschont.

177 Wörter

* *auch:* Goldenen Hochzeit · schwarzen Peter

Herkunftsbezeichnungen

Herkunftsbezeichnungen auf **-isch** schreibt man meistens klein.
Herkunftsbezeichnungen auf **-er** schreibt man groß.

Reisebüroschlager |

Bereisen Sie die amerikanische Ostküste. | Lernen Sie den Bostoner Hafen | und das New Yorker Nachtleben kennen. | Seeland, die größte dänische Insel, | ist immer eine Reise wert. | Im Kopenhagener Vergnügungspark, dem Tivoli, | hat die ganze Familie Spaß. | Bestaunen Sie die Vielfalt arabischen Brauchtums | in den verschiedenen Kairoer Museen. | Entdecken Sie die russische Gastfreundschaft | und erleben Sie den Moskauer Frühling. | Machen Sie Bekanntschaft mit dem typisch englischen Humor. | Besuchen Sie die zahlreichen Londoner Theater. | Verleben Sie fröhliche Stunden in den Dubliner Pubs. | Sie werden staunen über die Herzlichkeit irischer Dickköpfe. | Die polnischen Städte sind Zeugen | einer bewegten Vergangenheit. | Streifen Sie durch die Danziger Altstadt | und überzeugen sich selbst. | Nach einem Besuch der Berliner Sehenswürdigkeiten | lädt das brandenburgische Umland zur Erholung ein. | Erkunden Sie mit dem Kanu oder Fahrrad die mecklenburgische Seenlandschaft | und fühlen Sie sich wie ein König im Schweriner Schloss.

140 Wörter

Farb- und Sprachbezeichnungen

Sprachbezeichnungen können Adjektive (Kleinschreibung) oder Substantive (Großschreibung) sein. Als Adjektive kann man sie meist mit **Wie** (*Sie hat deutsch gesprochen.* – Wie?) erfragen, als Substantive mit **Was** (*Auch Spanisch ist eine Weltsprache.* – Wer oder was? *Dieses Buch ist in Dänisch geschrieben.* – In welcher Sprache?), oder sie stehen nach einer Präposition.
Auch Farbadjektive können als Substantive gebraucht werden. Man kann sie im Gegensatz zu den adjektivisch gebrauchten Formen nicht durch **Wie** erfragen. (*Ich habe meine Jeans pink gefärbt.* – Wie? *Das Rot deiner Haare ist schön.* – Was ist schön?)

Unser Klassenlehrer |

Unser Klassenlehrer Herr Walter, | der uns in Englisch unterrichtet, | ist ein lustiger Vogel. | Er fährt ein lila Auto | und trägt mit Vorliebe Jeans in Grün oder Orange | und dazu knallbunte Hemden. | Vielleicht denkt er, | dass wir besser aufpassen, | wenn wir eine Kombination aus Grün, Rot | und einem schreienden Gelb ansehen müssen. | Auch sonst gibt er sich Mühe, | uns zu unterhalten. | Ob er mit seinen Bemühungen | immer ins Schwarze trifft, ist fraglich. | Obwohl wir miteinander hauptsächlich englisch* sprechen sollten, | erzählt Herr Walter manchmal einen Witz auf Sächsisch | oder er singt Liebeslieder in italienischer Sprache, | weil er das Italienische für besonders melodisch hält. | Dann schimmern seine Augen pechschwarz. | Um seinen Ärger über uns loszuwerden, | flucht er in Russisch, | denn keiner von uns versteht ein Wort Russisch. | Nur das Deutsche kommt selten vor. | Haben wir eine schlechte Arbeit geschrieben, | erscheint Herr Walter in Schwarz, | ist er mit uns zufrieden, | bevorzugt er ein freundliches Rot. | So wissen wir gleich, woran wir sind.

160 Wörter

* *auch:* Englisch

Titel und Namen

In Titeln von Büchern, Filmen, Kunstwerken, Zeitungen, Zeitschriften usw. wird das erste Wort großgeschrieben. Der Titel steht in Anführungszeichen. *(Hast du schon „Gregs Tagebuch" gelesen? Ich war gestern in „Herr der Ringe".)*

Harmonisches Familienleben |

In unserer Familie einen gemeinsamen Abend zu verbringen, | ist fast unmöglich. | Zwar sind wir nur vier Personen, | aber jeder hat andere Interessen. | Mein Vater zum Beispiel | zieht sich am liebsten mit seiner „Süddeutschen Allgemeinen" | in die Leseecke zurück und hofft, | dass wir ihn mit unseren Vorstellungen | von Kinobesuch oder Fernsehabend in Ruhe lassen. |

Meine kleine Schwester schaut immer wieder | ihre Lieblingsverfilmungen des „Königs der Löwen" | und des „Dschungelbuchs". | Ich bevorzuge Filmreihen | wie „Der Herr der Ringe" oder „Die Tribute von Panem". |

Ich verstehe überhaupt nicht, | warum sich meine Mutter darüber aufregt, | setzt sie sich doch am liebsten Kopfhörer auf | und hört klassische Musik wie „Mein Vaterland" von Smetana | oder „Die vier Jahreszeiten" von Vivaldi | und liest dabei das „Goldene Blatt". | Mit Operetten wie der „Verkauften Braut" oder der „Schönen Helena" | kann sie mich aus dem Haus treiben, | wenn sie laut gespielt werden, | aber „Die Entführung aus dem Serail" von Mozart | finde ich gar nicht übel | und den dritten Satz aus den „Vier Jahreszeiten" | stelle ich sogar freiwillig laut. | Schade, dass dies nicht umgekehrt für meine Musik von Sido | und den Beatsteaks gilt. Nur auf „Gute Zeiten, schlechte Zeiten" können wir uns alle einigen. | Wenigstens etwas.

197 Wörter

Von Personennamen abgeleitete Adjektive

Von Personennamen abgeleitete Adjektive auf **-(i)sch** werden kleingeschrieben *(die Schriften Martin Luthers – die lutherische Bibelübersetzung, der heilige Gregor – der gregorianische Kalender).* Zur Verdeutlichung des Namens kann dieser auch großgeschrieben und die Endung **-sch** mit Apostroph angehängt werden *(die Luther'sche Bibelübersetzung).*

Mein großer Bruder |

Wie ich meinen großen Bruder hasste! | Er hatte gerade Abitur gemacht | und brüstete sich mit Namen, | Gesetzen, Werken und Lehren von Menschen, | von denen ich noch nie etwas gehört hatte. |

Von der Lehre Platons | und den schillerschen* Dramen war die Rede. | Einmal hatte ich ein Theaterstück Schillers zur Hand genommen. | Das war wirklich nichts für mich. | Da las ich lieber die Abenteuer Harry Potters, | des rowlingschen* Helden. | Mein Bruder wollte dagegen Philosophie studieren. |

Karl Marx und Immanuel Kant hatte er gelesen. | Die marxschen* Schriften standen vollständig in seinem Bücherregal. | Am liebsten sprach er über das aristotelische Denken. | Aber all das waren für mich böhmische Dörfer. | Unglaublich aber war, | dass er auch etwas von Mathematik verstand. | Gönnerhaft erklärte er mir manchmal, | was er gerade gesagt hatte. | Das foucaultsche* Pendel, | das etwas mit der Erdrotation zu tun hatte, | fand ich spannend. | Wir hatten eines im Deutschen Museum in München gesehen. | Aber bei der Erläuterung des ohmschen* Gesetzes hörte ich gar nicht zu. | In der Schule hatte ich doch schon | den pythagoreischen Lehrsatz nicht verstanden. |

Also stand fest, dass ich zu unbegabt für Mathe war. | Und einen echt müllerschen* Dickkopf besaß.

191 Wörter

* *auch:* Schiller'schen · Rowling'schen · Marx'schen · Foucault'sche · Ohm'schen · Müller'schen

Als Substantive gebrauchte Aneinanderreihungen

In substantivischen Aneinanderreihungen werden alle Wörter durch Bindestriche miteinander verbunden. Das erste Wort schreibt man groß, auch wenn es kein Substantiv ist, denn die Fügung als Ganzes ist jetzt substantiviert. Substantive und substantivierte Verben (↑ S. 21), die im Innern der Fügung stehen, werden ebenfalls großgeschrieben. *(Das ist ja zum Aus-der-Haut-Fahren! Der Pro-Kopf-Verbrauch an Wasser steigt.)* Abkürzungen sowie zitierte Wortformen und Einzelbuchstaben bleiben meistens unverändert *(der i-Punkt, der dass-Satz, die km-Zahl).*

Urlaubsgrüße |

Lieber Markus, |

unsere Côte-d'Azur-Reise ist ein voller Erfolg. | Es ist viel heißer als bei uns – | das Nord-Süd-Gefälle hinsichtlich der Sonneneinstrahlung ist offensichtlich. | Wegen der UV-Strahlung cremen wir uns alle | mit einem hohen Lichtschutzfaktor ein. | Du fragst dich bestimmt, | was uns mehr interessiert: Kultur oder Natur? | Hier gibt es kein Entweder-oder, | sondern ein Sowohl-als-auch. | Papa, der vor Kurzem* seine Studie zum Schlaf-wach-Rhythmus beendet hat, | genießt das In-den-Tag-hinein-Leben. | Janne dagegen ist Anhängerin des Mountainbike-Fahrens. | Sie nimmt jede Steigung bei größter Hitze. | Ich bin leider nicht so gut im Den-inneren-Schweinehund-Überwinden wie sie. | Du weißt, schon damals beim Räuber-und-Gendarm-Spielen | ging mir vor der Zeit die Puste aus. | Manchmal gehe ich dafür mit Mutter auf Sightseeingtour. | Manchmal macht mir das Bedeutende-Trümmer-Anschauen Spaß. | Der anschließende Halt in einer Crêperie | ist das i-Tüpfelchen eines solchen Tages. |

Viele Grüße
Daniel

133 Wörter

* *auch:* vor kurzem

1.2 Substantivierungen

Als Substantive gebrauchte Verben

Verben (im Infinitiv) können als Substantive gebraucht werden. Dann schreibt man sie groß. Meist steht ein Artikel davor, der mit einer Präposition verschmolzen sein kann *(beim Wandern)*. Substantivierte Verben können auch nach einem Adjektiv stehen.

Eine seltsame Nacht |

In der Nacht | schreckte Max plötzlich auf, | denn er hatte ein **Poltern** gehört. | Über ihm rumpelte es, | dann hörte er ein **Springen** und **Schlurfen**, | als ob jemand auf dem Dachboden | herumkriechen würde. | Max dachte sofort | an einen Einbrecher. | Beim **Spielen** am Nachmittag | hatte er wohl vergessen, | die Dachluke zu schließen. | Aber hatte ein Mensch | so schnelle Schritte? | Das **Trappeln** wollte nicht enden. | Max nahm allen Mut zusammen | und schlich die Bodentreppe hinauf. | Das **Treppensteigen** fiel ihm schwer, | so sehr zitterten seine Knie. | Oben machte er Licht, | konnte aber nichts sehen. | Das **Rumpeln** und **Laufen** hatte aufgehört. | Eine Weile stand er still. | Schließlich ging er ins Bett. |

Nach einem Moment wurde Max | wiederum durch lautes **Rumoren** geweckt. | Dann folgte ein beständiges **Trippeln** hin und her. | Plötzlich war ein böses **Fauchen** zu vernehmen | und kurz darauf ein schrilles **Fiepen**. | Noch ein **Knurren** hörte Max, | dann war alles still. | Am nächsten Morgen | erzählte er mit einigem **Zögern** | die seltsame Geschichte. | Sein Vater aber antwortete mit breitem **Grinsen**: | „Weißt du, was das **Laufen** und **Poltern** war? | Ein Marder, den dann die Katze vertrieben hat.“

183 Wörter

Unterricht ohne Schule |

Klara hat keine Lust auf den anstehenden Schultag. | Sie findet das **Laufen** zur Haltestelle | und das **Fahren** mit dem Bus viel zu anstrengend. | Auch stört sie das laute **Reden** der Klassenkameraden. | Konzentriertes **Nachdenken** ist kaum möglich. | Daher fleht sie ihre Eltern an, | den Unterricht nach Hause zu verlagern. | „Wie stellst du dir das **Lernen** vor? | Wir können dir nicht beim **Berechnen** von Flächeninhalten | oder **Übersetzen** lateinischer Texte helfen. | Auch würdest du ohne deine Freunde vereinsamen“, | entgegnen die Eltern. | Klara verkündet, dass Hausunterricht | in Neuseeland oder in den USA | überhaupt kein Problem sei. | Die Eltern reagieren mit längerem **Kopfnicken**: | „Wenn du einen Privatlehrer von deinem Taschengeld bezahlst, | stimmen wir zu.“ | Diesen Vorschlag kann Klara nicht annehmen, | denn ihr Taschengeld würde niemals ausreichen. | Spätestens beim nächsten Wandertag wäre Klara traurig, | beim **Erkunden** der Umgebung zu fehlen.

137 Wörter

Als Substantive gebrauchte Adjektive

Adjektive werden großgeschrieben, wenn sie als Substantiv gebraucht werden. Sie haben häufig einen Artikel vor sich *(Er ist der Schnellste)*. Substantivierte Adjektive können auch eine unbestimmte Mengenangabe vor sich haben *(Es gibt wenig Neues)*.

Der erste Eindruck |

Lisa ist mit ihrer Familie umgezogen. | Weil sie die Kleinste ist, | musste sie nicht schwer tragen. | Gestern haben die Umzugsleute | den großen Wagen entladen | und die Möbel in die leere Wohnung gestellt. | Das Schlimmste ist überstanden. |

Heute geht Lisa zum ersten Mal in die neue Schule. | Schon in der Eingangshalle entdeckt sie Interessantes: | Für die Schüler gibt es eine gemütliche Sitzecke. | Das Gelb der Sessel wirkt fröhlich und warm. | Daneben steht eine Tafel, | auf der die Schüler alles Wichtige, | das sie einander mitteilen wollen, | notieren können. | Für die Großen gibt es einen Kaffeeautomaten, | für die Kleinen Saft und Wasser. | Das Beste aber ist ein Stand, | an dem der Hausmeister, Herr Polster, | Obst und Kuchen verkauft. | Herr Polster sieht wirklich nett aus. | Lisa hofft, | dass auch ihre Mitschüler zu den Netten gehören werden.

135 Wörter

Partizipien und Zusammensetzungen

Substantivierte Verben und Adjektive schreibt man groß (↑ S. 21 f.). Auch Partizipien werden wie Adjektive großgeschrieben, wenn sie als Substantiv gebraucht werden. Oft haben sie dann einen Artikel oder ein unbestimmtes Zahlwort vor sich. *(Ich esse nichts Gebratenes.)* Außerdem werden Fügungen aus Substantiv und Verb, die im Infinitiv getrennt stehen, bei substantivischem Gebrauch zusammen- und großgeschrieben. *(Fußball spielen – Jakob hat sich beim Fußballspielen verletzt.)*

Zirkus |

Der Zirkus kam in die Stadt. | Nichts **Eiligeres** gab es dann für uns Kinder, | als schnell aus Schule und Haus zu eilen, | im **Laufen** noch die Schuhe anziehend. | Ich war, wenngleich ein wenig kurzatmig, | stets unter den **Schnellsten**, | denn das fahrende Volk | übte eine ungewohnte Faszination aus. |

Etwas **Schöneres** als dieses Schauspiel | konnte ich mir nicht vorstellen. | Mit **Säbelrasseln** und Trommelwirbel | hielten sie Einzug. | Allen voran schritten in glitzernden Kostümen die Tänzerinnen, | die aus bunten Körben | **Gebackenes** an die **Gaffenden** verteilten. | Dann folgte ein gewaltiger Hüne, | dessen Kunst das **Feuerschlucken** war. | Eine Gruppe **Jüngerer** hoch zu Ross | übte sich im **Dressurreiten**. | Zum **Eindrucksvollsten** aber | zählte die Ankunft der Tiere. |

Mir gefielen die Meerkatzen, | die beim **Springen** so elegant ihren Schwanz hielten. | Doch auch der **Größte**, der Elefant, | zog meine Aufmerksamkeit auf sich. | Wie majestätisch er im **Schreiten** | seinen Rüssel schwingen ließ! | Die **Umstehenden** wichen achtungsvoll zurück.

147 Wörter

Adjektive in verschiedenen Verbindungen

Substantivierte Adjektive werden großgeschrieben. Verbindungen mit **am** und Superlativ werden kleingeschrieben. Man kann sie mit **Wie** erfragen. *(Das Auffinden der geheimen Konten ist am schwierigsten.)* Wenn sich ein Adjektiv oder ein Partizip auf ein vorhergehendes oder ein nachfolgendes Substantiv bezieht, schreibt man es wie üblich klein. *(Sammy Superschlau liest gern Krimis, die spannendsten empfiehlt er seinen Kollegen.)*

Nachtwache |

Mitten in der Nacht | schreckte Finn auf seinem Beobachtungsposten | gegenüber der Gartenlaube Maxe Mieslings hoch. | Eigentlich hatte er angenommen, | dass die Beobachtung der Hütte | nicht die klügste seiner Ideen war, | denn wäre Maxe so naiv, | ihm direkt in die Arme zu laufen? | Er hatte den Detektiv | schon mehrfach zum Besten gehalten. | Dieser jedoch tat sein Möglichstes, | um an Belastungsmaterial zu gelangen, | das die kriminellen der Geschäfte Maxes beweisen könnte. |

Nun also nestelte Maxe an der Tür | und ließ sich dabei | nicht im Geringsten stören. | Er probierte mehrere Schlüssel aus, | der richtige war aber anscheinend nicht darunter. | Am besten war es sicherlich, | dass Finn sich näher heranschlich. | Maxe war so in seine Schlüsselsuche vertieft, | zumal das Klimpern des Bundes ihn daran hinderte, | auf andere Geräusche zu achten, | dass Finn das Unglaubliche gelang: | Er legte Maxe Handschellen an, | noch bevor der Gangster | das Weite suchen konnte. | Finn selbst war darüber am verblüfftesten. | Maxe hatte eine Reihe von Dokumenten bei sich, | die belastendsten sogar in einer Extrahülle. | Im Ganzen gesehen | war es eine durchaus erfolgreiche Nacht.

174 Wörter

Taschengeld aufbessern leicht gemacht |

Das Schlimmste ist, wenn das Taschengeld vor Monatsende aufgebraucht ist. | Also musste ich mir etwas Großartiges einfallen lassen, | um Geld zu verdienen. | Ich durchdachte mehrere Ideen, | aber die richtige war noch nicht dabei. | Ganz beiläufig erzählte mir meine Tante, | dass sie einen Babysitter für ihre Kleine suche. | Das war meine Chance. | Ich gab mein Allerbestes, | um meiner Tante zu beweisen, | dass ich auch öfter einspringen kann. |

Ich selbst lese Fantasyromane am liebsten, | aber das ist für eine Vierjährige zu gruselig. | Tilda brachte mir ein Märchenbuch, | das dicker als der Rechtschreibduden war. | Nach fünf Geschichten fielen mir langsam die Augen zu, | doch meine Nichte war nicht im Geringsten müde. | Also machten wir es uns auf dem Sofa bequem | und schauten einen meiner liebsten Trickfilme. | Am witzigsten war, dass Tilda später eingeschlafen ist als ich. |

Im Großen und Ganzen bin ich mit meinem ersten Einsatz als Babysitter zufrieden.

150 Wörter

Paarformen

Adverbien, Präpositionen, Konjunktionen und **Interjektionen** schreibt man groß, wenn sie als Substantiv gebraucht werden. Sie treten häufig in Paarformen auf. *(Wir diskutierten das Für und Wider dieses Vorschlags. Was für ein Durcheinander! Mit lautem Weh und Ach sammelte sie die Schnipsel auf.)*

Fußballspielen |

Fußballspieler sind Mitglieder eines Teams, | in dem es niemals drunter und drüber gehen darf. | Jeder Einzelne muss sich ohne **Für und Wider** | den Anordnungen des Trainers fügen. | Und zwar gilt das für Jung und Alt. | Zeigen sich beim Laufen Konditionsprobleme, | hilft kein **Weh und Ach**, | alle müssen ein paar Runden extra trainieren. | Auch das Platzwechseln hin und her auf dem Rasen | will geübt sein. | Wenn der Linksaußen Schwierigkeiten beim Köpfen hat | und der Ball zu oft ins Aus geht, | heißt es einschleifen, | sonst zieht die gesamte Mannschaft den Kürzeren. | Jeder leistet sein Möglichstes, | aber nur die Besten werden aufgestellt. | Das gehört zum **Auf und Ab** einer Spielerkarriere. |

Fällt der Schiedsrichter beim Spielen eine ungünstige Entscheidung, | hilft kein **Wenn und Aber**. | Auch wenn während des Diskutierens | die Wogen der Erregung hochgehen, | erweist sich der Spruch des Schiedsrichters | im Nachhinein doch als richtig. | Deswegen ist es das Gegebene, | mit dem Beschimpfen des Unparteiischen vorsichtig zu sein, | denn hat man Beleidigendes erst einmal ausgesprochen, | gibt es kein **Zurück**.

166 Wörter

Substantivierte Adjektive und Partizipien

Superlative, die mit **aufs** gebildet werden und mit **Wie** erfragt werden können, werden in der Regel großgeschrieben. Als Nebenform ist die Kleinschreibung zulässig. *(Sie war aufs Äußerste/äußerste gespannt.)* In festen adverbialen Wendungen aus Präposition und Adjektiv ohne Artikel wird das Adjektiv kleingeschrieben. *(Sie reisten von nah und fern an.)* Handelt es sich in einem solchen Fall jedoch um ein dekliniertes Adjektiv, so darfst du es auch großschreiben. *(Ich warte seit Langem/ seit langem auf dich.)*

Ein Besuch auf dem Jahrmarkt |

Von Weitem* sehe ich schon die Lichter des Riesenrades. | Die meisten* freuen sich auf den Jahrmarktbesuch, | aber ich bin eher skeptisch. | Von klein auf fürchte ich mich vor Fahrgeschäften jeglicher Art. | Schon wenn ich etwas Schnelles oder Wackeliges sehe, | grummelt mein Bauch. | Ich höre es schon jetzt: „Versprochenes muss man halten." | Normalerweise gehe ich mit Freunden durch dick und dünn, | aber heute bin ich mir nicht sicher, | ob ich das Unmögliche schaffen kann. |

Ich entscheide mich, in kleinen Schritten anzufangen, | und gehe zielstrebig auf die Achterbahn für Kinder zu. | Diese sieht am vertrauenswürdigsten aus. | „Die Nächste, bitte!" | Die Wartenden grinsen mich an. | Vermutlich bin ich der älteste Fahrgast, seit es diese Achterbahn gibt. | Ein Kind, zwei Köpfe kleiner als ich, beruhigt mich: | „Alles ist aufs Beste* gesichert." | Die Fahrt ist rasanter als gedacht. | Mir stehen die Schweißperlen auf der Stirn und meine Hände zittern. | Nach zwei Runden ist das nie Erwartete passiert. | Am Ende steige ich mit einem Lächeln auf dem Gesicht aus | und platze vor Stolz. | Bisher habe ich noch nichts Aufregenderes erlebt. | Vielleicht werde ich noch ein Fan von Jahrmärkten und Freizeitparks.

189 Wörter *auch:* Von weitem · Die Meisten · aufs beste

7. KLASSE

Gefährlicher Ausflug |

Gestern fand unser seit Langem* geplanter Fahrradausflug statt, | dessen Ende unsere Nerven aufs Äußerste* strapazierte. | Wir mussten über eine Brücke, | die jetzt am Nachmittag am dichtesten befahren war. | Die meisten Jungen fuhren voraus | und die schnellsten hatten die höchste Stelle der Brücke bereits erreicht, | als sie plötzlich anhielten. | Jemand hatte einen Platten. | Das Klügste wäre es gewesen, | auf die anderen zu warten, | denn unser Lehrer hatte uns immer wieder von Neuem* | aufs Eindringlichste* vor dem Überqueren der Brücke gewarnt. |

Aber auf der anderen Seite winkte jemand mit einem Ersatzreifen. | So trat der angeblich mutigste der Schüler auf die Fahrbahn. | Er schien sich nicht im Entferntesten der Gefahr bewusst zu sein. | Von fern beobachteten wir das Hupen und Bremsen der Fahrzeuge. | Am quälendsten war unsere Machtlosigkeit, | denn über kurz oder lang musste ein Unglück geschehen. | Das war auch so. | Der Junge wurde von einem Wagen an den Füßen erfasst und verletzt. | Bis auf Weiteres* findet kein Fahrradausflug mehr statt.

160 Wörter

* *auch:* seit langem · aufs äußerste · von neuem · aufs eindringlichste · Bis auf weiteres

Weitere substantivierte Wortarten

Substantivierte Adverbien, Präpositionen und Interjektionen (Ausrufe) schreibt man groß *(im Voraus – das Für und Wider – ein freudiges Oh)*. Auch Pronomen, die als Substantive gebraucht werden, schreibt man groß *(das Du anbieten)*. Werden Pronomen allerdings als Stellvertreter eines Substantivs gebraucht, schreibt man sie klein *(Hier hat sich schon mancher verirrt)*.

Tag der offenen Tür |

Einmal im Jahr bietet die Universität einen Tag der offenen Tür an. | Interessierte Schülerinnen und Schüler können nicht nur Vorlesungen und Seminare besuchen, | sondern auch Fragen an Lehrende und Studierende richten. | Nach einem kurzen **Hin** und **Her** einigte sich unsere Klasse darauf, dieses Angebot wahrzunehmen. | Die Planung war ein heilloses **Durcheinander**, | denn **jeder** musste sich für zwei verschiedene Veranstaltungen entscheiden. | Manchen Titeln fehlte das gewisse **Etwas**, | sodass* sich **keiner** dafür interessierte. | Das Seminar „Dem eigenen **Ich** auf der Spur“ | war bei uns am beliebtesten. | Nur Marlin wollte den Fachbereich Astrophysik besuchen | und schrieb sich für die Themen „Die Suche nach dem **anderen***“ | und „Aus dem **Nichts** kann nichts entstehen“ ein. | Im **Nachhinein** war dies die richtige Entscheidung. | Zwar hat er nur mit **Ach** und **Krach** die ersten Sätze des Dozenten verstanden, | aber sein Ehrgeiz war geweckt. | In den restlichen Schuljahren wird er noch **einiges** lernen müssen, | aber in ein paar Jahren will er den Weltraum erforschen. | Denn dort liegt noch so **manches** im Dunkeln.

168 Wörter

* *auch:* so dass · dem Anderen

1.3 Zeitangaben und Zahlwörter

Tageszeiten mit Substantiven

Tageszeiten können als Substantiv auftreten. Man erkennt sie meist am Artikel oder Pronomen und schreibt sie daher groß. Manchmal fehlen der Artikel oder das Pronomen als Erkennungszeichen, dann steht oft eine Präposition *(***zu** *Mittag essen,* **gegen** *Abend kommen,* **vor** *Mitternacht einschlafen).*
Die Zeitangaben können auch im Genitiv stehen. Sie haben dann ein **-s** angehängt *(eines Tages, des Abends, eines Morgens).* Vorsicht: Dieser Genitiv darf nicht mit den Adverbien auf -s verwechselt werden (↑ S. 33).

Ermittlungen |

Kommissarin Seifert und ihr Kollege Wohlers | erreichten das Dorf gegen Mittag. | Es war sonnig und windstill, | als das Polizeiauto vor der Brücke hielt. | War es überhaupt ein Unfall? |

In der näheren Umgebung | befragten die Polizisten | seit dem frühen Vormittag die Anwohner. | Man hatte die Leiche | bereits gegen Morgen gefunden, | aber niemand hatte eine Erklärung dafür, | wie der Bäckermeister | in den Bach gefallen sein konnte. | Es gab keine Zeichen äußerer Gewaltanwendung. | Alle sagten jedoch übereinstimmend, | dass Bäcker Nolte häufiger des Nachts | einen kleinen Spaziergang machte, | bevor er um vier Uhr in der Frühe | mit dem Backen begann. | Die Spurensuche, die den halben Vormittag | im Gras nach Hinweisen gesucht hatte, | schickte sich bereits an, | zu Mittag zu essen. | Sie hatten seit dem frühen Morgen nichts gegessen. |

Eilig machten sich die Kommissarin | und ihr Kollege an die Arbeit. | Sie wollten noch vor Mitternacht | wieder zurück in der Stadt sein, | damit sie die Geburtstagsfeier eines gemeinsamen Freundes, | die bis zum frühen Morgen dauern sollte, | nicht verpassten.

163 Wörter

Wochentage

Wochentage schreibt man groß. Auch sie erkennt man meist am Begleiter *(der Montag, am Freitag, am Donnerstagabend, jeden Mittwoch)*.

Jojo |

Jojo ist ein Inuitjunge, | der, wenn er nicht im Internat ist, | bei seinen Eltern auf einer Walfangstation | in Nordalaska lebt. | Jeden **Montagmorgen** fahren die Männer | zum Fischfang auf das Meer | und sind meist vor **Freitag** nicht zurück. |

Für die Frauen ist der **Montag** der Einkaufstag. | Zusammen fahren sie in die Siedlung, | um das Notwendige zu besorgen, | im Winter mit dem Schneemobil, | im Sommer mit dem Landrover. | Weil es bis **Sonntag** reichen muss, | gibt es immer sehr viel zu tragen. | Dafür gibt es fast jeden **Dienstag** frisches Gemüse. |

Wenn jeden **Mittwochmorgen** das Postflugzeug kommt, | sind wiederum alle auf den Beinen. | Manchmal bringt es Videos, | die Jojo am Abend ansehen darf. | Am **Donnerstagnachmittag** ist Unterricht in Inuit. |

Meistens kommen die Männer | **Freitagmittag** vom Fang zurück. | Wenn sie erfolgreich waren, | wird abends ein kleines Fest gefeiert, | zu dem alle eingeladen sind.

139 Wörter

Zeitangaben als Adverbien

Die Zeitangaben **vorgestern, gestern, heute, morgen** und **übermorgen** sind Adverbien und werden kleingeschrieben, ebenso die Zeitangaben, denen ein **-s** angehängt wurde *(mittags, abends, dienstags)*. Tageszeiten, die nach diesen Adverbien stehen, werden großgeschrieben *(heute Mittag, gestern Morgen)*.
Ausnahme: Das Adverb **früh** kann nach den Wörtern **vorgestern, gestern, heute, morgen** und **übermorgen** klein- oder großgeschrieben werden *(morgen früh/morgen Früh)*.

Ein Tag im Leben einer Katze |

Mein Tag beginnt damit, dass ich mich frühmorgens | ins Schlafzimmer schleiche und mit einem Satz | auf die Bettdecke meines menschlichen Mitbewohners springe. | Wie soll ich ihm sonst sagen, | dass mein Fressnapf schon seit gestern Abend leer ist? | Bis er endlich wach wird, | vergehen einige Minuten. | Das stellt meine Geduld tagtäglich auf eine harte Probe. | Schließlich habe ich viel vor. | Direkt nach dem Frühstück muss ich mein Fell richten | und mich um meine Spielzeugmaus kümmern. | Das macht natürlich hungrig. | Von Montag bis Freitag muss ich mir | meine Essensrationen gut einteilen, | damit mein Fressnapf auch mittags | noch ausreichend gefüllt ist. | Wenn ich satt bin, lege ich mich aufs Fensterbrett | und halte ein Nickerchen. | Manchmal döse ich sogar bis abends vor mich hin. |

Vor allem mittwochs muss ich mir die Zeit allein vertreiben, | denn mein Mitbewohner arbeitet bis nachts in seinem Büro. | Durch Zufall habe ich vorgestern früh herausgefunden, | wie die Fernbedienung funktioniert, | und schaue jetzt immer Quizsendungen. | Vielleicht werde ich eines Tages der erste tierische Millionär. | Dann müsste mein Mitbewohner nicht mehr arbeiten | und ich könnte nicht nur sonntags | mit ihm gemeinsam auf dem Sofa faulenzen.

190 Wörter

Die geheimnisvolle Insel |

Seit drei Tagen sind wir nun auf dieser Insel | und endlich sind wir heute Mittag | auf Anzeichen einer menschlichen Besiedlung gestoßen. | Bereits gestern Nacht hörten wir Schritte, | die nur von Menschen kommen konnten, | denn Affen gibt es hier nicht. | Als dann morgens ein Bottich mit Süßwasser | in der Nähe des Lagers gefunden wurde, | hatten wir Gewissheit. |

Zwar hatten wir Samstag den ganzen Tag über | ergebnislos die Umgebung durchstreift, | aber bei unserer Rückkunft | stand wieder ein neuer Wassertrog im Lager. | Die Wache hatte nichts bemerkt. | Warum nur zeigen sie sich nicht? | Haben sie Angst? |

Wie üblich sonntagmorgens | feierten wir auch heute die heilige Messe. | Dann brachen wir mittags erneut auf. | Obwohl der Himmel sich hier | normalerweise nachmittags bewölkt, | war es diesen Sonntag unerträglich heiß und still. | Plötzlich rief Jackson, der Schiffsjunge, | aus der Ferne hektisch zu uns herüber. | Er war auf eine Feuerstelle gestoßen, | die von gestern Abend, | allerfrühestens Freitagabend stammen konnte, | denn es war noch etwas Glut vorhanden. | Was wird uns morgen erwarten?

166 Wörter

Grundzahlen und Ordnungszahlen

Grundzahlen werden kleingeschrieben. *(Ich habe zwei Katzen. Ruf mich bitte gegen sieben an.)* Die Grundzahlen werden großgeschrieben, wenn sie als Substantiv gebraucht werden. *(Die Sechs gewinnt. Ich habe eine Zwei in Deutsch.)*
Ordnungszahlen werden kleingeschrieben, wenn sie ein Bezugswort bei sich haben. *(Er war der erste Läufer im Ziel.)* Man schreibt sie groß, wenn sie als Substantiv gebraucht werden. *(Er erreichte das Ziel als Erster.)*

Ein Arztbesuch |

Gestern war Freitag, der Dreizehnte. | Ich hatte am Morgen eine Fünf in Mathe zurückbekommen | und um vier einen Zahnarzttermin. | Ganz prima! | Auf dem Weg zur Praxis | fuhr mir die Neun vor der Nase weg, | und ich musste zwanzig Minuten warten. | Daher bin ich erst zehn nach vier angekommen. |

Das Wartezimmer war schon voll. | In der Spielecke saßen mehrere Kinder, | von denen drei sich ein nervenzehrendes Würfelspiel ausgedacht hatten. | Immer, wenn jemand eine Sechs gewürfelt hatte, | musste er in Achten über den Teppich hüpfen. | Daneben saßen zwei ältere Herren, | die unentwegt über Fußball und „ihre“ Elf redeten | und dabei vom Hundertsten ins Tausendste kamen. | Ich hätte nicht gedacht, | dass man mit sechzig so unsachlich sein kann. |

Jedes Mal, wenn die Sprechstundenhilfe „der Nächste, bitte“ sagte, | hoffte ich, dass sie mich meinte. | Natürlich kam ich erst als Zehnter dran. | Beklommen öffnete ich den Mund. | Gleich als Erstes stellte die Zahnärztin fest: | „Dein Weisheitszahn muss raus.“ | Das war wirklich das Letzte, | was ich mir wünschen konnte.

165 Wörter

Unbestimmte Zahladjektive und Indefinitpronomen

Unbestimmte Zahladjektive werden in der Regel großgeschrieben. *(Du bist der Einzige, der surfen kann. Ich könnte euch darüber Verschiedenes erzählen.)*
Die vier Zahladjektive **viel – wenig – eine – andere** werden in allen Formen kleingeschrieben. Auch Pronomen wie **manche – jede – beide – einige** werden kleingeschrieben. *(Nur wenige nehmen an der Fahrt teil. Das meiste habe ich verstanden. Die beiden kenne ich.)*

Vergebliche Mühe |

In unserer Klasse ist einiges los. | Die einen gehören zur Clique von Flora | und ihrer Freundin Mia. | Die beiden haben jede ein eigenes Pony | und sie sehen umwerfend aus. | Aber eigentlich sind sie ziemlich eingebildet. | Immer wollen sie bestimmen | und es gibt nicht wenige, | über die sie bösartig herziehen. | Im Stillen ärgert sich mancher über ihr Verhalten, | die meisten trauen sich aber nicht, | es laut zu sagen. | Nur in einem bekommen sie nicht, | was sie wollen. | Sie sind unsterblich in Moritz verliebt. | Aber er ist der Einzige, | der sich nichts aus ihnen macht. | Die beiden haben schon alles Mögliche versucht. | Unter anderem sind sie abends mit ihren Pferden | an seinem Haus vorbeigeritten. | Moritz fand das Ganze eher lächerlich. | Die Einzige, für die er sich interessiert, | ist Lisa. | Lisa ist still, | aber sie hat in vielem ihre eigene Meinung | und lässt sich von den Übrigen nicht beeinflussen. | Die anderen nehmen wenig Notiz von ihr.

155 Wörter

Zahlen, Zahladjektive und Indefinitpronomen

Die Regeln zu Grundzahlen, Ordnungszahlen, unbestimmten Zahladjektiven und Indefinitpronomen findest du auf den Seiten 35 und 36. Außerdem gilt: Wenn mit *Dutzend, hundert* oder *tausend* unbestimmte Mengen angegeben werden, können diese groß- oder kleingeschrieben werden. *(Viele Tausend/tausend haben gespendet.)*

Open Air |

Weil ich in Musik schon die zweite **Eins** geschrieben hatte, | schenkte mir meine Großtante, | eine rüstige Dame von **siebzig**, | eine Karte für eine Opernaufführung im Park. | Am **Dreiundzwanzigsten** sollte die Aufführung stattfinden. | Zunächst war ich nicht begeistert, | denn mein Musikgeschmack war ein **anderer**. | Zu **sechst** fuhren wir mit Freunden meiner Großtante | in der **Drei** zum Stadtpark. | Wir waren nicht die **Einzigen**, die in den Park wollten. | Gemeinsam mit uns strömten **Dutzende*** von Menschen | auf die Zuschauertribüne mitten im Stadtpark zu. | Jeder **Zweite** war wie wir beladen | mit Decken und einem Picknickkorb. | Wegen des Jubiläums prangte über dem Eingang eine große **Fünfundzwanzig**. | Auf unseren Plätzen in der **zehnten** Reihe angekommen, | machten wir es uns gemütlich. | Fürs **Erste** war ich mit dem Ausflug einverstanden. | Als die **meisten** der fast **tausend** Zuschauer ihre Plätze eingenommen hatten, | begann um **neun** die Vorstellung. |

Aber die Musik vor der Naturkulisse, | die nach **zehn** einsetzende Dämmerung und die Sänger, | die ihr **Letztes** zu geben schienen, bewirkten, | dass ich von dem **Ganzen** fasziniert war. | Als die Vorstellung vorbei war, | standen **Tausende*** auf und applaudierten stürmisch.

179 Wörter

* *auch:* dutzende · tausende

1.4 Anredepronomen

Die Höflichkeitsanrede

Die Höflichkeitsanrede **Sie** wird immer großgeschrieben. *(Können Sie mir helfen?)* Dies gilt auch für die Possessivpronomen **Ihre, Ihr** usw., die sich auf die angesprochene Person beziehen. *(Sie haben Ihre Tasche liegen lassen.)* Das Reflexivpronomen **sich** wird immer kleingeschrieben.

Liebe Eltern der Klasse 5 c! |

Als Klassenlehrerin Ihrer Kinder | möchte ich Sie um Ihre Mithilfe | beim nächsten Adventsbasar bitten. | Wieder einmal brauchen wir | Ihre guten Ideen und Ihre Tatkraft! | In diesem Jahr | wollen wir Weihnachtsmänner | aus Mürbeteig backen und anmalen. |

Wer von Ihnen Zeit hat, | ist am Donnerstag | zum Backen und Malen herzlich eingeladen. | Denken Sie daran, | Ihren Kindern eine Schürze mitzugeben, | damit sie sich nicht die Kleidung verderben! |

Wer von Ihnen ist außerdem bereit, | den Schülern am Freitag | beim Aufbau ihres Verkaufsstandes zu helfen? | Über Ihre Mithilfe | würden wir uns sehr freuen. | Schreiben Sie eine kleine Notiz, | die Sie Ihrem Sohn oder Ihrer Tochter | morgen früh* mitgeben. | Ich kann dann Ihren Einsatz organisieren. |

Es wünscht Ihnen eine schöne Adventszeit |
Ihre Inge Werner

123 Wörter

* *auch:* morgen Früh

Sehr geehrte Frau Moser, |

vielen Dank für Ihren Brief. | Auch ich freue mich sehr | über das ehrliche Geständnis unserer Kinder. | Andere hätten mit Dreistigkeit | die Beteiligung abgestritten. |

Was nun die Regelung des Schadens angeht, | ist es meiner Meinung nach | tatsächlich das Beste, | gemeinsam zu den Nachbarn zu gehen. | Auch ich möchte nicht, | dass zwischen Ihnen und Ihren Nachbarn | Feindschaft entsteht. |

Ich gehe davon aus, | dass unsere Versicherung | den Glasschaden übernimmt. | Allerdings habe ich vor, | Svenja von ihrem Taschengeld etwas abzuziehen, | damit sie sich an ihre Verantwortung erinnert. | Dies ist sinnvoller | als langes Reden und ständiges Ermahnen. | Da mein Mann sehr geschickt | im Tischlern und Lackieren von Möbeln ist, | möchte ich Ihnen vorschlagen, | dass er das Reparieren des Stuhles übernimmt. | Er hat bereits viel Schönes hergestellt. |

Gerne hätte ich etwas Angenehmeres mit Ihnen besprochen, | doch können wir dies beim nächsten Grillen im Garten | (ohne Fußball) nachholen. | Ich bin dann morgen Nachmittag bei Ihnen. |

Mit freundlichen Grüßen |
Ihre Frau Plötz

158 Wörter

Die Höflichkeitsanrede

Die Höflichkeitsanrede **Sie** wird immer großgeschrieben. Dies gilt auch für die Possessivpronomen **Ihre, Ihr** usw. (↑ S. 38). Ansonsten schreibt man Possessivpronomen aber klein.

Sehr verehrte Erwachsene, liebe Eltern, |

in diesem Brief möchten wir **Ihnen** erklären, | warum wir das Kinderland errichtet haben. | Glauben **Sie** bitte nicht, | dass wir **Sie** nicht mögen | oder **Ihre** Erfahrungen nicht schätzen.

Viele Kinder fühlen sich aber von **ihren** Eltern | und anderen Erwachsenen bevormundet. | Hier im Kinderland können sie **ihr** Leben | in **ihre** eigenen Hände nehmen. | Sie bestimmen selbst **ihre** Rechte und **ihre** Pflichten. | Tatsächlich sind die Kinder gezwungen, | **ihre** Probleme selbst zu lösen. | Dafür bekommen sie aber auch das Gefühl, | für alles, was sie tun, | selbst verantwortlich zu sein. |

Liebe Eltern, **Sie** können sicher sein, | dass es **Ihren** Kindern im Kinderland gut geht | und dass sie zu **Ihnen** zurückkehren können, | sobald sie es wünschen. | Wenn **Sie** sich Sorgen um **Ihre** Kinder machen, | können **Sie** jederzeit die Kinderlandverwaltung anrufen. | Man wird **Ihnen** dort gern Auskunft geben. |

Wir hoffen, **Sie** respektieren
unser Vorgehen. |
Ihr Kinderlandteam

144 Wörter

Die vertrauliche Anrede

Die Anredepronomen **du** und **ihr** sowie die entsprechenden Possessivpronomen werden normalerweise kleingeschrieben. *(Könntest du deinen Vater um einen Gefallen bitten? Wo habt ihr eure Sachen gelassen?)* In Briefen kann diese Anrede wie die Höflichkeitsanrede auch großgeschrieben werden. *(Lieber Thomas, ich danke Dir/dir für Deinen/deinen Brief.)*

Liebe Laura, |

gestern habe ich Deine* Karte bekommen. | Ich freue mich, dass es Dir* und Deinen* Brüdern gut geht. | Wie schön, dass auch sie nach dem Umzug | noch Kontakt zu ihren alten Freunden haben. |

Ich kann mir gut vorstellen, | wie sehr Ihr* Eure* vertraute Umgebung vermisst. | Auch ich denke oft an Dich* und Deine* lustigen Einfälle. | Ich werde Dich* demnächst anrufen, | um mit Dir* ein Treffen zu vereinbaren, | auf dem wir mal so richtig tratschen können | über Deinen* Hannes, die Jungs und ihre Macken im Allgemeinen. |

Bis bald, alles Gute
Deine* Anna

92 Wörter

* *auch:* deine · dir · deinen · ihr · eure · dich · deine · dich · dir · deinen · deine

2 Getrennt- und Zusammenschreibung

2.1 Verbindungen mit einem Verb

Substantiv und Verb

Wortverbindungen, die aus **Substantiv + Verb** bestehen, schreibt man getrennt, wenn das Substantiv als eigenständig angesehen wird *(Auto fahren, Ski laufen ...)*. Zusammen schreibt man sie, wenn das Substantiv als verblasst angesehen wird *(teilnehmen, kopfstehen ...)*.
Verbindungen aus **fehl-, feil-, heim-, irre-, kund-, preis-, wahr-, weis-, wett-** und einem Verb schreibt man zusammen *(heimsuchen, preisgeben)*.

Redekunst |

In Prag strapazierte ein Angeklagter die Nerven des Gerichts, | indem er endlose Reden hielt. | Sein Ziel war es, | die Richter durch seinen Monolog irrezuführen | und ihnen lästig zu werden. | Die Richter forderten, dass er sich zurückhalten solle, | womit sie allerdings kein Gehör fanden. | Die erste Übersetzerin durfte bereits heimkehren. | Sie konnte dem Redeschwall gerade zwei Tage standhalten. | Der Engländer hätte theoretisch Monate reden können, | da das Gesetz nicht vorschreibt, | dass er direkt zum Thema sprechen muss. | Glücklicherweise beschränkte er sich auf nur wenige Wochen. | In dieser Zeit war er bereit, | unwichtige Details aus seinem Leben preiszugeben. | Er erzählte, wie er täglich zum Waschsalon ging, | um seine Wäsche zu waschen. | Zudem war er ein leidenschaftlicher Wintersportler. | Regelmäßig ging er eislaufen, Schlitten und Ski* fahren. | Der Richter drohte schließlich irrezuwerden | und unterbrach die Verhandlung.

133 Wörter

*auch: Schi

Black Friday |

In den Vereinigten Staaten wird der Freitag nach Thanksgiving Black Friday genannt. | Zum Start in die weihnachtliche Verkaufssaison | locken Händler, die daran **teilnehmen**, | mit besonders hohen Rabatten zahlreiche Kunden in ihre Geschäfte. | Nicht selten muss man bereits vor der Eingangstür lange **Schlange stehen**, | um mit Tüten voller Schnäppchen **heimkehren** zu können. | Abwarten und **Tee trinken** ist hier die richtige Devise. | Die Zeit lässt sich gut vertreiben, | indem man die Werbeplakate **Korrektur liest**. | Ist man endlich an der Reihe, kann man den Angeboten kaum **standhalten**. | Allerdings besteht die Gefahr, in die **Irre geführt** zu werden. | Daher ist es empfehlenswert, Preise zu vergleichen und beim Einkaufen **maßzuhalten***. |

Werden zeitlich begrenzte Rabatte gewährt, **stehen** die Interessenten **kopf**. | Eltern können kaum mit ihren Kindern **Schritt halten**. | Der Trend zu einem Rabatttag scheint an Ländergrenzen nicht **haltzumachen***. | Mittlerweile findet der Black Friday auch in Deutschland statt. | Es lohnt sich definitiv, beim Lesen der Prospekte **achtzugeben***.

154 Wörter

* *auch:* Maß zu halten · Halt zu machen · Acht zu geben

Untrennbare Zusammensetzungen mit einem Verb

Es gibt feste Verbindungen mit einem Verb, die in allen gebeugten Verbformen zusammengeschrieben werden. Diese nennt man untrennbare Zusammensetzungen *(übertreten – ich übertrete niemals ein Gesetz, widersprechen – er widersprach niemals).*

Die Konferenz der Tiere (von Erich Kästner) |

Die Menschen auf der Erde übertreten Grenzen, | führen daraufhin Kriege | und halten schließlich Konferenzen ab, | um wieder Frieden zu schließen. | Doch leider haben die wenigsten Konferenzen tatsächlich Erfolg. |

Die Tiere der Welt beobachten dieses Treiben der Menschen | und überlegen, | wie sie diesen tödlichen Kreislauf unterbrechen können. | Parallel zur 87sten Konferenz der Staatsmänner | treffen sich die Tiere zu ihrer ersten Zusammenkunft. | Sie beschließen, den Menschen zu widersprechen | und sie ihrer Vernunft zu unterwerfen. |

Zuerst überfallen die Nagetiere die Büros der Menschen | und fressen deren Akten. | Danach werden die Motten auf die Soldaten gehetzt, | um deren Uniformen zu zerstören, | denn die Militärs verkörpern die Macht der Staatsmänner. |

Doch die Menschen bleiben stur, | woraufhin die Tiere schlussfolgern, | dass nur die Entführung der Kinder | zum Nachgeben der Menschen führen kann. | In unbekannten Gegenden werden die Kinder versteckt, | was endlich bewirkt, | dass die Staatsmänner ihre Konferenz unterbrechen. | Sie unterschreiben schließlich den Vertrag mit den Tieren, | da sie den Widerstand der Eltern fürchten.

164 Wörter

Trennbare Zusammensetzungen mit einem Verb

Es gibt Verbindungen von Präpositionen oder anderen Wörtern mit einem Verb, die nicht in allen Formen verbunden bleiben *(auffallen – er fällt zwischen all den kleinen Kindern besonders auf)*. Diese **trennbaren Verben** werden nur im Infinitiv, in den beiden Partizipien und im Nebensatz bei Endstellung des Verbs zusammengeschrieben *(auffallende Ähnlichkeit – aufgefallen – sie schaut angestrengt ins Buch, um nicht aufzufallen)*.

Die Massai |

Das afrikanische Volk der Massai, | das in Kenia und Tansania anzutreffen ist, | hat das Nomadenleben niemals aufgegeben. | So ziehen sie auch heute noch | wie schon seit vielen Tausend* Jahren | durch die Savannen Ostafrikas. | Sie lehnen das moderne Leben ab | und pflegen ihre traditionellen Lebensgewohnheiten. | Ihre Viehherden, die vor allem aus Rindern, | aber auch aus Schafen und Ziegen bestehen, | stellen ihre Lebensgrundlage dar. | Doch essen sie nur selten Fleisch. | Vielmehr ernähren sie sich von Nahrungsmitteln, | die aus der Milch ihrer Tiere gewonnen werden können. |

Um aber in den Trockenzeiten überleben zu können, | trinken sie das Blut ihrer Rinder. | Dazu werden diese aber keineswegs geschlachtet, | denn dies würde einen zu großen Verlust für den Besitzstand bedeuten. | Nicht zuletzt aufgrund dieser altertümlichen Sitte | sind die Massai ein sagenumwobenes Kriegervolk. |

Der junge Massai wächst mit dem Bewusstsein auf, | ein großer Krieger zu werden, | der die Gemeinschaft schützen soll, | auch wenn er dafür sein Leben aufopfern muss. | Den Beweis seiner Tapferkeit erbringt er, | indem er einen Löwen im Kampf tötet.

167 Wörter

* *auch:* tausend

Schlafmangel |

In warmen Sommernächten ist es kaum möglich(,) durchzuschlafen. | Auch wenn die Sonne längst untergegangen ist, | schlägt sich Lasse mit tropischen Temperaturen herum. | Er reißt das Fenster weit auf, doch kein Lüftchen weht ihm entgegen. | Stattdessen wittert eine Hornisse die Chance, das Zimmer einzunehmen. | Bevor sie ihn stechen kann, rennt Lasse los | und verschließt von außen die Zimmertür. | Auf seinem Smartphone beginnt er nachzulesen, was nun zu tun ist. | Angeblich zieht Helligkeit Hornissen magisch an. | Schnell knipst er die Zimmerlampe aus und das Balkonlicht an. | Die Hornisse fällt auf den Trick herein(,) | und er sieht sie tatsächlich wegfliegen. | Hoffentlich kommt sie nicht so schnell wieder. |

Am nächsten Tag schlägt ihm seine Schwester vor(,) | nasse Handtücher aufzuhängen, um das Zimmer abzukühlen. | Mit diesem Trick schafft Lasse es, | die restlichen Sommertage durchzuhalten.

130 Wörter

Verb im Infinitiv und Verb

Eine Wortverbindung aus Verb im Infinitiv + Verb schreibt man getrennt *(baden gehen, laufen lernen)*. Wortverbindungen mit **bleiben** oder **lassen** kann man zusammen- oder getrennt schreiben, wenn die Verbindung im übertragenen Sinne verwendet wird *(liegen bleiben/liegenbleiben [unerledigt bleiben])*. Die Verbindung *kennenlernen/kennen lernen* kann man zusammen- oder getrennt schreiben.

Die Schule |

Schüler sind gar nicht so unglücklich über die Schule, | wie man das aus vielen Äußerungen **schließen könnte**. | Natürlich möchte niemand **sitzen bleiben***, | aber die Notwendigkeit der Noten | ist doch weitgehend anerkannt. | Allerdings besteht für den Großteil der Schüler | die Motivation nicht darin, | in der Schule etwas **lernen zu wollen**. | Sie wollen vielmehr Gleichaltrige **kennenlernen***. | Für Paul, einen Schüler der 7. Klasse, | ist es wichtig, gut **schreiben zu lernen**. | Wozu er aber die Höhen der Mathematik **erklimmen müsse**, | könne er gar nicht verstehen. | Leonie beschwert sich dagegen über die lästigen Hausaufgaben, | die als eine traurige Gewissheit | den Schüler auf dem Nachhauseweg begleiten. | Sie würde am Nachmittag lieber mit ihrer Freundin Natascha **spazieren gehen**. | Die Schüler einer 7. Klasse forderten einstimmig, | die Schule erst gegen 10 Uhr **beginnen zu lassen**, | da man dann länger im Bett **liegen bleiben** könne. | Lea meinte dazu: „Ich könnte mir vorstellen, | dann sogar bis nachmittags in der Schule zu bleiben, | wenn man gemeinsam die Hausaufgaben unter Aufsicht **erledigen dürfte**."

165 Wörter

**auch:* sitzenbleiben · kennen lernen

Ausreden zählen nicht |

„Ich habe dich gestern nicht heimkommen hören“, faucht Bastians Mutter. | Er hält ihrem bohrenden Blick stand und erwidert: | „Ja, ich wollte dich schlafen lassen. | Meine Uhr ist stehen geblieben und ich habe mein Handy fallen lassen. | Deshalb war ich eine Stunde zu spät.“ | Er weiß genau, dass sie diese Ausreden nicht durchgehen lässt. | Nach einer Standpauke, die es in sich hatte, | muss er einkaufen gehen. | Auch soll Bastian alle weiteren liegen gebliebenen* Arbeiten noch heute erledigen. | Das beinhaltet, die Kaffeemaschine entkalken und die Toilette schrubben zu müssen. | Ein solches Register an Strafen hat er definitiv nicht kommen sehen. | Seinen Plan, am Abend die neue Klassenkameradin näher kennenzulernen*, | kann er zweifellos fallen lassen*. | Bastian möchte lieber nicht wissen, was passieren würde, | wenn er im nächsten Schuljahr sitzen bliebe*.

130 Wörter

auch: liegengebliebenen · kennen zu lernen · fallenlassen - sitzenbliebe

Partizip und Verb

Wortverbindungen aus **Partizip + Verb** werden in der Regel getrennt geschrieben (*getrennt schreiben* – *getrennt* = Partizip, *schreiben* = Verb).

Kino im Kopf |

Tobias ist ganz begeistert | von seinem neuen Fantasyroman. | Ein mutiger Krieger hat die Aufgabe gestellt bekommen, | einen geheimen Trank in die Burg zu bringen, | bevor dieser verloren geht. | Obwohl er sich eifrig bemüht, | ist es bereits Tag, | als er den Burgberg erblickt. | Beim Versuch, | den Ring der Verteidiger zu durchbrechen, | trifft ihn ein Schlag auf den Kopf | und er wird gefangen genommen. | Als er wieder zu sich kommt, | fühlt er sich nicht nur krank, | er muss auch feststellen, | dass man ihn in einen Schrank gesperrt hat. |

Doch er muss nicht rasend werden | und hat Glück. | Auf der Rückseite lässt sich ein Brett lösen. | Jetzt gilt es, den Sarg zu finden, | in dem die Mumie liegt, | die der Zaubertrank | wieder zum Leben erwecken soll. | Wie es wohl weitergeht? |

Aber bevor Tobias weiterlesen kann, | muss er erst noch einmal sein Diktat üben, | denn er hat sich fest vorgenommen, | endlich zu verstehen, | wann er getrennt schreiben muss | und wann zusammengeschrieben wird. | Für ein Superdiktat hat er sogar | ein Geschenk versprochen bekommen.

171 Wörter

Adjektiv und Verb

Wortverbindungen aus **Adjektiv + Verb** werden meist getrennt geschrieben *(laut lachen, schön singen)*. Sie werden jedoch zusammengeschrieben, wenn durch die Verbindung eine neue Gesamtbedeutung entsteht *(krankschreiben, kürzertreten)*.
Lässt sich nicht genau entscheiden, ob eine neue Gesamtbedeutung vorliegt, kann getrennt oder zusammengeschrieben werden *([ein paar Tage] frei bekommen/freibekommen)*.

Naomi und Alan |

Nachdem Alan mit seinen Freunden | den Nachmittag auf dem Baseballplatz verbracht hatte, | kehrte er nach Hause zurück. | Im Treppenhaus erschrak er, | als ein ihm unbekanntes Mädchen plötzlich **ängstlich weglief**. | Sie schien beim Weglaufen so **schnell zu sprechen**, | dass er kein einziges Wort verstehen konnte. | Doch noch vor der Wohnungstür wurde ihm klar, | dass das Mädchen fremde Worte verwendet hatte. | **Spöttisch fragte** er seine Mutter nach der neuen Hausbewohnerin. | „Ich wollte mit dir darüber reden“, | entgegnete die Mutter. |

Das Mädchen hieß Naomi | und war vor dem Krieg in Europa mit ihrer Mutter nach New York geflohen. | Die Eltern wollten, dass Alan | sich ein wenig um dieses Mädchen kümmere. | Alan dachte, dass ihm dieser Auftrag **lästig fallen*** würde, | doch er gab schließlich nach. | Er versuchte, seine Treffen mit dem Mädchen | vor seinen Freunden **geheim zu halten**, | denn sie galt als verrückt und in gewisser Weise war sie das auch. | Sie sprach nicht direkt mit Alan, | sondern benutzte ihre Puppe. | Nur so konnte sie **frei sprechen**. | Irgendwann musste er sich allerdings doch | zu der entstehenden Freundschaft bekennen.

(Nach dem Buch „Der gelbe Vogel“ von Myron Levoy)

178 Wörter

* *auch:* lästigfallen

7. KLASSE

Irrfahrt |

Wenn ich die Erinnerungen an das letzte Tischtennisturnier wachrufe, | kann ich nicht anders, als rotzusehen. | Nachdem wir unseren Bus noch einmal vollgetankt hatten, ging die Fahrt los. | Wie immer rissen die meisten Sportler Witze, sodass* wir uns halb totlachten. | Doch unsere gute Laune wurde schnell ausgebremst. | Viel zu spät wurde im Radio bekannt gegeben*, | dass die Autobahn komplett gesperrt war. | Es war zu spät für eine Umleitung und so blieb uns nur übrig, | die Brotdosen leer zu essen* und uns schwarzzuärgern. |

Das Desaster ließ sich nun nicht mehr rückgängig machen. | Mit der Entscheidung des Komitees, dass unser Fehlen als Niederlage gewertet werden sollte, | konnten wir uns überhaupt nicht zufriedengeben. | Wir forderten nachdrücklich, dass der heutige Wettkampf für ungültig erklärt wird | und eine zeitnahe Wiederholung stattfindet. | Inwieweit das berücksichtigt werden kann, | haben die Verantwortlichen bis jetzt offengelassen.

137 Wörter

* *auch:* so dass · bekanntgegeben · leerzuessen

Verbindungen mit dem Verb sein

Eine Verbindung mit dem Verb **sein** wird immer getrennt geschrieben, auch wenn es sich um eine konjugierte Form dieses Verbs handelt *(dabei sein, dagegen sein)*. Diese Regel und auch andere Regeln der Getrennt- und Zusammenschreibung (↑ S. 42–50) werden mit diesem Diktat wiederholt.

Faust |

Goethes wohl berühmtestes Werk ist der „Faust“, | eine Tragödie in zwei Teilen. | Es ist die Geschichte eines Gelehrten, | der außerstande* ist, | mit seinem Leben zufrieden zu sein. | Um sich aus seiner lebensmüden Lage zu befreien, | schließt er einen Pakt mit dem Teufel. | Zusammen gehen sie auf Reisen, | wo Faust sich in Gretchen verliebt, | die jedoch schrecklich schüchtern ist. | Er umwirbt sie mit Gold und Juwelen | und der Teufel tut sein Übriges. | Gretchen gibt dem Verehrer schließlich nach. | Sie will in der Nacht Faust zu sich kommen lassen, | doch dafür muss die Mutter ruhig schlafen. | Den von Gretchen verabreichten Schlaftrunk überlebt die Mutter nicht. | Faust wird beim Betreten des Hauses gestört, | da er mit ihrem Bruder aneinanderstößt. | Er tötet diesen. | Die Tragödie endet schließlich damit, | dass Gretchen gefangen genommen wird. | Da sie ihre Schuld erkennt, | lässt sie sich auch nicht von Faust befreien. |

Neben seinem dichterischen Werk | konnte Goethe aber auch in den Naturwissenschaften zu Ruhm gelangen. | 1784 entdeckte er den Zwischenkieferknochen | und er schrieb ein wichtiges Werk über die Farbenlehre. | 1832 starb Goethe in Weimar, | wo er zuletzt gewirkt hatte.

181 Wörter

* *auch:* außer Stande

Trennbare und untrennbare Zusammensetzungen mit einem Verb

Es gibt Verbindungen von Präpositionen und anderen Wörtern , die nicht in allen Formen verbunden bleiben (↑ S. 45). Von diesen trennbaren Zusammensetzungen zu unterscheiden sind untrennbare Zusammensetzungen mit einem Verb, die immer zusammengeschrieben werden (↑ S. 44).

Banküberfall fehlgeschlagen |

Kaum eine Stunde nach einem Banküberfall in der Bahnhofstraße in Zürich | wurde der Täter **überführt**. | Mit einer Pistole bewaffnet, hatte er am Donnerstag gegen 11 Uhr | die Filiale der Postbank **überfallen** | und von einem Angestellten Geld gefordert. | Dem Bedrohten war **aufgefallen**, | dass die Waffe nicht echt war, | er wagte aber nicht zu **widersprechen** | und **gab** das Geld **heraus**. | Zwar konnte die Polizei sofort alarmiert werden, | doch der Täter schaffte es, | den Ring der **herbeieilenden** Beamten zu **durchbrechen** | und mit der Beute zu entkommen. |

Bei der folgenden Fahndung waren acht Streifenwagen und zwei Hundestaffeln im Einsatz. | Die Polizisten konnten bald einen Teil der Beute **sicherstellen**, | den der **davonlaufende** Bankräuber während der Flucht verloren hatte. | Kurz darauf musste der 29-Jährige jedoch **aufgeben** | und die Polizei **nahm** ihn in der Ringstraße **fest**. | Das Landeskriminalamt **übernimmt** die weitere Ermittlung. | Man will **sichergehen**, dass es keine Mittäter gab.

145 Wörter

2.2 Verbindungen mit Adjektiven oder Partizipien

Substantiv und Partizip

Eine Verbindung aus **Substantiv + Partizip** schreibt man zusammen, wenn sie anstelle einer Wortgruppe steht und dabei ein Artikel oder eine Präposition eingespart wird *(freudestrahlend = vor Freude strahlend)* oder wenn das Substantiv in dieser Form nicht selbstständig vorkommt *(friedliebend)* oder wenn die zugrunde liegende Verbindung aus Substantiv + Verb zusammengeschrieben wird *(irreführend)*.
Wird die zugrunde liegende Verbindung getrennt geschrieben, darf man getrennt oder zusammenschreiben *(Not leidend/notleidend)*.

Fernreise oder Balkonien? |

Ob sonnenbadend am Strand | oder faulenzend auf dem eigenen Balkon: | Urlaub sorgt bei Erholungsuchenden* meist für große Vorfreude. | Doch wann ist die Auszeit wirklich nutzbringend? | Ein Forscherteam der Universität Wien | befragte hierzu Personen verschiedenen Alters. | Sie gaben an, sich nach dem Urlaub | energiegeladener und weniger angespannt zu fühlen. |
Zugegeben, das ist noch keine bahnbrechende Erkenntnis. | Interessant ist aber das altersübergreifende Ergebnis, | dass es dabei kaum eine Rolle spielt, | ob die Auszeit nur ein verlängertes Wochenende | oder zwei Wochen dauert: | Bei vielen war der Akku schon nach wenigen Tagen wieder voll. |
„Offenbar macht es auch keinen großen Unterschied, | ob wir den Urlaub zu Hause* oder auf grenzüberschreitenden Reisen verbringen, | solange wir vom Alltag abschalten können", | erläutert die Leiterin der Studie achselzuckend. | Wer zu Hause* entspannen und Verpflichtungen zielbewusst wegschieben könne, | erhole sich auch hier gut. | „Aber deswegen muss man ja auf Reisen | in fremde Länder und atemberaubende Landschaften | nicht völlig verzichten", | ergänzt sie augenzwinkernd.

156 Wörter   **auch:* Erholung Suchenden · zuhause

Adjektiv und Adjektiv oder Substantiv und Adjektiv

Wortverbindungen aus **Adjektiv + Adjektiv** oder **Substantiv + Adjektiv** werden zusammengeschrieben, wenn der erste Bestandteil bedeutungsverstärkend oder bedeutungsabschwächend ist.

Schön entspannt |

Übergroße Kleidung liegt im Trend: | zu weite Tops, **bodenlange** Kleider, | **grobgestrickte** Pullover, unförmige Jacken, | all das ist plötzlich **topaktuell**. | Was bisher als **potthässlich** galt, | jetzt ist es **ultracool**. | „Mich erinnert das an meine Ökophase in den Achtzigern*“, | kommentiert die Mitarbeiterin einer Modezeitschrift. |

Und wie wird diese entspannte Mode präsentiert? | Unperfekte Models trotten über Laufstege statt zu gleiten, | mit **ultrakurzen** Haaren, ein paar Pfunden mehr, | in Jacken wie aus Luftpolsterfolie | und **extraklobigen** Turnschuhen. | Designer machen sich einen Spaß daraus, | mit gängigen Schönheitsvorstellungen zu brechen, | das ist nichts Neues. | Der aktuelle Trend kommt von der Straße | und fand in den sozialen Medien **blitzschnell** Anklang. | Bequemlichkeit geht nun über alles. |

Vielleicht bringt ein Blick in den Kleiderschrank der Großeltern | ja **supermodernes** Design zum Vorschein. | Natürlich nicht für **hochoffizielle** Anlässe.

132 Wörter

* *auch:* 80ern

Adjektiv und Adjektiv oder Partizip

Wortverbindungen aus **Adjektiv + Adjektiv oder Partizip** werden zusammengeschrieben, wenn der erste Bestandteil bedeutungsverstärkend oder -abschwächend ist. Wenn dies nicht klar zu entscheiden ist, kann getrennt oder zusammengeschrieben werden.

Weihnachtsfeier |

Wie jedes Jahr ließ sich unsere Chemielehrerin | etwas ganz Besonderes für die letzte Stunde vor den Ferien einfallen. | Ihr gut gemeinter* Tipp bestand darin, | uns in die letzte Ecke des Raumes zu verbannen. | Dann füllte sie eine durchsichtige Flüssigkeit in eine größere Schale, | bis sie halb voll* war. | Blitzschnell streute sie ein rötlich braunes Pulver darüber. | Wir erwarteten natürlich eine lautstarke Explosion | und hielten uns sicherheitshalber die Ohren zu. | Auch wenn der große Knall ausblieb, | blickte unsere Lehrerin in tief beeindruckte Gesichter. | Aus der Schale stiegen hell leuchtende* Funken auf, | die dann langsam als weiße Flöckchen auf den Lehrertisch rieselten. | Zum Glück entwarf unsere Lehrerin für dieses Experiment | keine besonders schwer verständliche* Skizze an der Tafel, | sondern beließ es bei allgemeingültigen* Aussagen. | So kam trotz des nasskalten Wetters und der Unterrichtsstunden, die noch vor uns lagen, | ein wenig Weihnachtsstimmung auf.

141 Wörter

**auch:* gutgemeiner · halbvoll · hellleuchtende · schwerverständliche · allgemein gültigen

2.3 Verbindungen aus Substantiv und Präposition

Präposition und Substantiv

Oft kann man Wortverbindungen aus **Präposition + Substantiv** getrennt oder zusammenschreiben *(mithilfe/mit Hilfe)*.
Einige feste Verbindungen einer Präposition mit einem verblassten Substantiv werden immer zusammengeschrieben *(infolge, beiseite)*.
Es gibt aber ein paar Ausnahmen, in denen man Präposition und Substantiv getrennt schreiben muss, obwohl die beiden eine feststehende Verbindung bilden *(zu Fuß, zu Ende, zu Wasser und zu Lande)*.

Die Macht der Flammen |

Feuer faszinierte die Menschen schon immer. | Aber infolge seiner zerstörerischen Kraft | wirkt es auch abschreckend. | Einem Gerücht zufolge | soll der römische Kaiser Nero Rom angezündet haben. | Anstatt sich vor dem Feuersturm zu fürchten, | soll Nero beim Anblick dieses Flammenmeeres | ein Lied gesungen haben. |

Feuer verkörpert sowohl das Gute als auch das Böse. | Dem Menschen wird durch das Feuer Wärme zuteil, | aber er kann daran auch zugrunde* gehen. | Im Christentum kann das Feuer eine Strafe Gottes sein, | aber Gott verwandelte sich auch | dem Volk Israel zuliebe in eine Feuersäule, | um ihm beim Auszug aus Ägypten voranzuschreiten. |

Die griechische Mythologie hat ihre eigene Geschichte, | wie das Feuer auf die Erde kam. | Prometheus brachte es zustande*, | den Göttern das Feuer zu entwenden | und den Menschen zu bringen. | Damit stellte er die göttliche Allmacht infrage*. | Aufgrund dieses Diebstahls wurde Prometheus hart bestraft | und an einen Felsen im Kaukasus gekettet.

149 Wörter

* *auch:* zu Grunde · zu Stande · in Frage

Parole Emil |

Ein kleiner Junge, sein Name ist Emil, | reist alleine nach Berlin. | Aufgrund* ihrer Geldknappheit kann ihn seine Mutter nicht begleiten | und so muss er die Reise alleine antreten. | Am Bahnhof steckt ihm die Mutter ihr mühselig erspartes Geld zu, | das Emil nur ihr zuliebe annimmt. | Im Zug lernt er einen Mann kennen, der sich freundlich mit ihm unterhält, | dann aber ins Zugrestaurant geht. | Emil wird müde, doch er wehrt sich gegen den Schlaf, | da er befürchtet, beraubt zu werden. | Schließlich schläft er inmitten der Reisenden ein. |

Als er erwacht, ist das Geld verschwunden | und er verdächtigt den Mann, | der sich zuvor mit ihm unterhalten hat. | Er blickt aus dem Fenster und erkennt ihn auf dem Bahnsteig, | wie er gerade den Bahnhof verlassen will. | Anstatt seine Reise fortzusetzen, | springt er aus dem Zug und nimmt die Verfolgung zu Fuß auf. |

Am Bahnhof erkennt er, dass er bereits in Berlin ist, | den Zug aber zu früh verlassen hat. | Verloren steht er in den Straßen der Großstadt, | doch bald findet er Freunde, die mit ihm die Verfolgung aufnehmen. | „Parole Emil" ist ihr Erkennungszeichen. | Schließlich können sie den Dieb stellen, | der sich als ein gesuchter Schwerverbrecher entpuppt.

(Nach dem Buch „Emil und die Detektive" von Erich Kästner)

195 Wörter

* *auch:* Auf Grund

3 Dehnung und Schärfung

3.1 Dehnung

Doppelvokale

Unter Dehnung versteht man die Kennzeichnung von lang gesprochenen Vokalen. Um die Länge der Vokale **a, e** und **o** anzuzeigen, werden sie manchmal verdoppelt *(Meer, Haar, Boot)*. Wenn der Vokal zum Umlaut wird, entfällt die Dopplung *(Saal – Säle, Boot – Bötchen)*.

Urlaub |

Er saß, | eine Tasse mit dampfendem Tee | in der Hand, | im Strandcafé und blickte hinaus aufs Meer. | „Ja“, dachte er. | „Es ist richtig gewesen, | im Frühling an die See zu fahren.“ | Er hatte nur gewartet, | bis der letzte Schnee getaut war. | Blühende Kleewiesen im Juni | oder das Sammeln von Beeren im August | wären sicher auch verlockend gewesen. | Aber um die Seele baumeln zu lassen, | gab es nichts Besseres | als die Stille an einem menschenleeren Strand. |

Und wenn er Trubel brauchte, | ging er an den Hafen, | zählte die Schiffe, | die dort auf Reede lagen, | oder sah beim Teeren der Boote zu. | Auch die schaukelnden Schifferbötchen | waren ein schöner Anblick. | Abends gab es Programm | in einem der verschiedenen Säle des Rathauses, | meist im großen Festsaal. |

Aber meistens saß er nur still | in seinem Zimmer mit Meeresblick, | strich sich durch die Haare | und las ein gutes Buch.

145 Wörter

Fische über Fische |

In Hamburg lohnt es sich, | auch sonntags zeitig aufzustehen. | Denn auf dem Fischmarkt an der Elbe | gibt es jede Menge zu entdecken. | Noch bevor die Sonne aufgeht, | füllen die Händler ihre Stände | mit frisch gefangenen **Meerestieren**, | Obst, Tropenpflanzen und anderen außergewöhnlichen Waren. |

Die Marktschreier **krakeelen** ihre Angebote quer über den Hafen: | „**Aal** und Hering so günstig wie noch nie! | Direkt vom **Boot** in Ihre Tasche!“ | Beim Verkauf wird nicht so genau auf die **Waage** geschaut | und oft ein Auge zugedrückt. |

Auch für gute Laune ist gesorgt. | Die Markthalle wird zum **Festsaal** | und die Besucher können dort ihr Tanzbein schwingen. | Bewegung macht hungrig, | doch mit **leerem** Magen muss niemand nach Hause gehen. | Besonders beliebt sind Fischbrötchen | belegt mit Rollmops sowie **Seelachs** mit **Kartoffelpüree**. | Dazu wird **Kaffee** oder **Tee** genossen. | Schließlich muss der Fisch im Bauch schwimmen. | Ein altes **Ehepaar** hat mir diese Weisheit verraten.

146 Wörter

Dehnungs-h

Ein weiteres Mittel zur Kennzeichnung langer Vokale ist das sogenannte Dehnungs-h *(Ruhm, Sohn, stehlen)*.
Vorsicht: Bei vielen, besonders bei kurzen Wörtern gibt es gar keine Kennzeichnung der Dehnung (↑ S. 65).

Auf der Jagd |

Jäger sind **Frühaufsteher**. | **Reh** und Hase sind heutzutage | wegen der vielen Störungen in Wald und Flur | eher nacht- oder dämmerungsaktiv. |

Schon bei der **Anfahrt** auf den Hochsitz | achtet der Jäger darauf, | keinen unnötigen Lärm zu verursachen. | Deshalb wird der Wagen abseits geparkt. | Beim Anpirschen sollte kein Ast knacken, | keine Schnupfennase niesen. | Hört er etwas, | muss er zunächst wie **gelähmt** verharren, | um das Wild nicht zu vergrämen. | Leise, jeden Schritt **sehr** bewusst setzend, | erreicht der Jäger den Hochsitz. | So braucht man für einen Weg von 500 Metern | schon mal eine halbe Stunde. |

Auf dem Hochsitz schließlich | darf sich der Weidmann* nicht viel bewegen, | da **Reh** und Hirsch außerordentlich gut äugen. | Manchmal werden nach drei Stunden solcher Sitzerei | sämtliche Glieder **lahm**. | Augenblicklich sind diese Begleiterscheinungen verschwunden, | wenn man einen Hirsch **röhren** hört. | Wenn man ihn hört! | Oft genug war außer dem Gesang einer einsamen **Dohle** nichts los.

148 Wörter

* *auch:* Waidmann

Eine sportliche Klassenfahrt |

Unsere Klassenlehrerin unterrichtet Sport | und das merken wir auch jedes Jahr bei der Klassenfahrt. | Dieses Mal radeln wir | mit dem Fahrrad von Zeltplatz zu Zeltplatz. | Mein Drahtesel muss auf jeden Fall | noch ein wenig geputzt und verschönert werden, | denn der Rahmen ist schon ganz schön verrostet. |

Die Ausflugsziele und Aktionen | dürfen wir selbst wählen. | In einer alten Mühle werden wir beobachten, | wie Getreideähren gemahlen werden. | Am zweiten Tag steigen wir in eine Tropfsteinhöhle hinab | und schauen uns unterirdische Seen an. | Auch eine Nachtwanderung darf nicht fehlen. | Vielleicht sehen wir wieder | Glühwürmchen und Fledermäuse. |

Die meiste Zeit der Klassenfahrt | treten wir jedoch kräftig in die Pedale | und stellen unsere Ausdauer unter Beweis. | Deshalb ahnen wir schon jetzt, | dass wir abends müde und mit Muskelkater | in die Doppelstockbetten fallen werden. | Unsere Lehrerin ermahnte uns, | nicht zu viel Gepäck mitzunehmen. | Wir sollen uns bei steileren Anstiegen | nicht zu sehr quälen oder gar | vor lauter Anstrengung in Ohnmacht fallen. | Also werde ich wohl meinen Föhn | und andere Luxusgegenstände zu Hause* lassen. | Es wird bestimmt eine spannende Herausforderung, | nur mit dem Nötigsten auszukommen. | Auf jeden Fall können wir nach der Fahrt jede Menge erzählen.

192 Wörter

*auch: zuhause

Dehnungs-e nach i

Von wenigen Ausnahmen abgesehen (geografische Namen wie *Soest, Itzehoe, Oldesloe*), taucht das **e** als Dehnungszeichen nach dem **i** auf *(bieten, siegen, wiegen, Wiese, Stiefel)*.
Aber Vorsicht: Es gibt, oft bei Fremdwörtern, auch ein langes **i** ohne Dehnungszeichen *(Krokodil, Medizin)*.

Hölle oder Paradies? |

Jeder Europäer, | der schon einmal am Äquator war | und den tropischen Regenwald erlebt hat, | stellt sich dieselbe Frage: | Wie konnte Tarzan | in diesem Urwald überleben, | und das ganz ohne Medizin? | Sobald man diese Klimazone besucht, | spürt man die Schwüle, | die in der Luft liegt. | Am frühen Nachmittag beginnt es | für wenige Stunden zu regnen, | danach erwärmen die Sonnenstrahlen | wieder die Erde. | Dabei verdunstet viel Wasser, | sodass* das gesamte Dschungelgebiet | im Nebel liegt. | Man fühlt sich jetzt wie im Dampfbad | und es ist ziemlich schwierig, | sich daran zu gewöhnen, | dass einem sämtliche Kleider am Leibe kleben. |

Da es im Dschungel keine Straßen gibt | und nur wenige Pfade, | muss man vor allem auf gutes Schuhwerk achten. | Am besten sind kniehohe Stiefel mit dicken Sohlen, | mit denen man auch mal ein Moor durchwaten kann. | Der hohe Schaft | schützt zudem die Waden | vor Schlangenbissen und Ungeziefer, | das den Urwaldboden in Heerscharen bevölkert.

152 Wörter

* *auch:* so dass

Ein unnachgiebiger Held |

Im Jahre 1869 wurde in einer indischen Kleinstadt | Mahatma Gandhi geboren, | der später die Unabhängigkeit Indiens vorantrieb. | Niemand konnte das damals erahnen. | Lange mussten die Inder unter der britischen Herrschaft leiden | und viel Blut musste fließen, | bis die indischen Freiheitskämpfer 1947 | schließlich den Sieg davontrugen. |

Gandhi, auch liebevoll „große Seele" genannt, | wählte für diesen schwierigen Kampf eine Strategie, | nach der keiner Fliege Leid zugefügt werden sollte. | Man nennt sie gewaltlosen Widerstand. | Ziel war es, sich der Gewalt aktiv zu widersetzen, | ohne selbst gewalttätig zu sein. | Gandhi drehte den Spieß herum | und wollte die Engländer mit ihren eigenen moralischen Grundsätzen besiegen. |

Immer wieder trieb er seine Landsleute an und rief sie auf, | Gerechtigkeit, Freiheit und Würde gewaltlos einzufordern. | Auf dem berühmten Salzmarsch | lief Gandhi mit einigen Anhängern | fast 400 Kilometer weit | bis zum Meer, | um gegen die ungerechte Salzsteuer zu protestieren.

143 Wörter

6. KLASSE

Dehnung ohne Kennzeichnung

Es gibt Wörter im Deutschen, die einen lang gesprochenen Vokal haben, aber ohne Dehnungszeichen geschrieben werden *(Rose, Lüge, Blume)*. Auch die Vorsilbe **ur-** und die Nachsilben **-tum, -sal, -bar, -sam** werden lang gesprochen, aber ohne Dehnungszeichen geschrieben. Diphthonge *(ai, ei, au, äu, eu)* haben ebenfalls keine Dehnungszeichen.

Karneval der Kulturen |

Seit 1996 feiert Berlin am Pfingstwochenende in Kreuzberg | die Vielfalt der Kulturen: | ein großes Straßenfest | mit Musik, Tanz und urigen Kostümen. | Zahlreiche Bands sorgen bei diesem wunderbaren Spektakel | für jede Menge Stimmung. Auf vielen Bühnen wird ein buntes Programm geboten | und bereitet den Besuchern die Qual der Wahl. |

Krönender Abschluss ist in jedem Jahr der Straßenumzug. | Gruppen unterschiedlicher Nationalitäten ziehen dann | auf geschmückten Festwagen durch die Straßen | und tauchen Kreuzberg in ein Farbenmeer. | Auch manche Zuschauer am Straßenrand tragen bemalte Masken. | Oft kann man unter ihnen auch kleine Tiger, | Igel oder Krokodile entdecken. |

Wer am Pfingstsonntag in Kreuzberg | mit dem Fahrrad oder Auto unterwegs ist, | muss allerdings mit Sperrungen rechnen. | Es ist ratsam, das Gebiet weiträumig zu umfahren.

121 Wörter

Die uralte Welt |

Ursprünglich gab es gar nichts im Universum. | Eine riesige Explosion, | der sogenannte* Urknall, | war die Ursache | der Entstehung von Sternen und Planeten. | Die Erde war zunächst unbewohnt. | Es war eine mühsame und langsame Entwicklung, | bis die ersten Lebewesen und fruchtbares Land entstanden. |

Die ersten Tiere lebten im Meer | und sahen sonderbar | und manche sogar furchtbar aus. | Sie hatten zum Beispiel pilzförmige Augen | oder zangenartige Kiefer. | Erst viel später entwickelten sich | die berühmten Dinosaurier. | Ihr Schicksal war es, | die Erde für viele Millionen Jahre zu beherrschen, | dann jedoch auszusterben. | Wo heute New York liegt, | war damals undurchdringlicher Urwald. |

Aufrecht gehende Urmenschen | bevölkerten erst vor knapp zwei Millionen Jahren die Erde. | Dass sie die Erde seither | als ihr Eigentum betrachten, | ist aber offenbar das Ergebnis | unheilbarer Selbstüberschätzung. | Schon im Altertum kamen Wissenschaftler zu dem Urteil, | dass wir sehr sparsam und behutsam | mit unserer Umwelt umgehen müssen, | damit so wunderbare Tiere | wie Wal und Schwan, | Tiger und Antilope | oder Star und Blaumeise | eine Überlebenschance haben.

165 Wörter

* *auch:* so genannte

Dehnung mit und ohne Kennzeichnung

Um die Länge von Vokalen anzuzeigen, gibt es verschiedene Dehnungszeichen (↑ S. 59–66). Bei manchen Vokalen liegt jedoch kein Dehnungszeichen vor, obwohl sie lang ausgesprochen werden (↑ S. 65 f.).

Zurück ins Wasser |

Ist es nicht sonderbar, | dass die im Wasser lebenden Wale | zu den Säugetieren gehören und doch mit Lungen atmen? | Um Sauerstoff aufzunehmen, | müssen sie immer wieder an die Wasseroberfläche. | Wissenschaftler nehmen an, | dass die Urwale gemeinsame Vorfahren | mit unseren heutigen Paarhufern | wie Kuh, Schaf und Kamel haben. |

Doch warum wurden aus Landsäugetieren | perfekt angepasste Meeresbewohner? | Vermutlich hinterließ das Verschwinden der Dinosaurier | auch im Meer ein Überangebot an Nahrung. | Darum hält man es für wahrscheinlich, | dass die Vorfahren der Wale | im Uferbereich nach Fischen gejagt haben | und dann allmählich zum Meeresleben übergingen. | Sie wechselten also zurück ins Wasser, | entwickelten aber keine Kiemen, | sondern behielten die Lungenatmung bei.

110 Wörter

Die Formel 1 |

Unzählige Menschen sind fasziniert von Autorennen. | Besonders die Königsdisziplin, die Formel 1, | lockt Jahr für Jahr Hunderttausende* von Zuschauern an. | Viele von ihnen kommen sicherlich | aus Sensationsgier zu den Rennen. | In der Tat gibt es immer wieder schwere Unfälle, | die nicht selten Menschenleben kosten. | Hier regt sich auch der Widerspruch | der Gegner von Autorennen. | Für sie ist ein Menschenleben das höchste Gut auf Erden | und sollte nicht leichtfertig aufs Spiel gesetzt werden. | Daher verurteilen sie auch die Motivation der Zuschauer, | die ihr Vergnügen darin sehen, | andere in lebensbedrohenden Gefahren zu beobachten. |

Die Gegner der Formel 1 | können auf eine große Anzahl von Katastrophen | in den letzten Jahrzehnten hinweisen. | So gibt es kaum einen Weltklassefahrer, | der sein Rennauto nicht mindestens einmal | völlig demoliert hat. | Dies konnte aber bisher noch keinen | der Formel-1-Piloten davon abhalten, | sofort in das nächste Auto zu steigen | und mit quietschenden Reifen aus den Boxen zu rasen. | Aber nicht nur die Fahrt mit dem Rennauto birgt Gefahren, | auch der Halt zum Reifenwechsel und Tanken kann tödlich enden. | Da alles blitzschnell geschehen muss, | kann es vorkommen, | dass ein Mechaniker die Reifen nicht ordnungsgemäß befestigt. | Bei hoher Geschwindigkeit löst sich dann | das Rad von der Aufhängung | und der Rennfahrer verliert die Kontrolle über die Maschine.

208 Wörter *auch:* hunderttausende

3.2 Schärfung

Konsonantenverdopplung

Eine Möglichkeit zu zeigen, dass ein Vokal kurz gesprochen wird, ist, den folgenden Konsonanten zu verdoppeln *(Ball, Fett, Biss, Otter, Russe ...)*. Diese Kennzeichnung eines kurz gesprochenen Vokals nennt man auch Schärfung.

Ein Gewitter liegt in der Luft |

Gerade noch war der Himmel blau, | fünf Minuten später ist man völlig durchnässt. | Vor allem im Sommer ziehen Schauer und Gewitter | in rasender Schnelligkeit auf. Da sich der Wetterbericht auch mal irren kann, | verlassen sich die meisten Menschen | auf ihre eigenen Beobachtungen. | Wenn die ersten dunklen Wolken zu sehen sind, | sollte gehandelt werden. |

In Schwimmbädern werden flott die Badesachen eingesammelt | und sichere Orte gesucht. | Sich unter Bäume zu stellen, | ist allerdings keine gute Idee. | Am besten geeignet ist ein überdachter Unterschlupf. | Von dort aus lassen sich Blitz und Donner entspannt verfolgen. |

Bei Regengüssen ohne Gewitter | können sich Kinder und Erwachsene bedenkenlos | im Freien aufhalten. | Besonders nach Hitzewellen | bringt ein Spaziergang im Regen | die ersehnte Abkühlung. | Brechen die ersten Sonnenstrahlen | durch die Wolkendecke, | entsteht manchmal ein Regenbogen. | Wer sich beeilt und bis zum Ende rennt, | wird bestimmt mit einem wertvollen Schatz belohnt.

147 Wörter

Konsonantenhäufung

Die Kürze eines Vokals kann nicht nur durch zwei gleiche Konsonanten (↑ S. 69), sondern auch durch zwei oder mehrere unterschiedliche Konsonanten, die dem Vokal folgen, angezeigt werden *(Schrank, Gift, folgen)*.

Der Yeti |

Seit langer Zeit geht der Glaube um, | dass es in den höchsten Regionen der Welt | noch unbekannte Tiere gibt. | Die Berge des Himalaja | sind sehr schwer zu erforschen. | Deshalb ist bis heute nicht klar, | ob es den Yeti dort wirklich gibt. | Er soll ein Wesen | zwischen Mensch und Affe sein, | das nur im Gebirge wohnt. | Viele Wissenschaftler wollten zeigen, | dass der Schneemensch lebt. | Oft war der Versuch, | in diese Schneewelt zu gelangen, vergeblich. | Viele Forscher kamen niemals zurück. |

Der Glaube an diesen Bergmenschen | stammt von Berichten berühmter Bergsteiger. | Sie wollen ihn selbst gesehen haben. | Vielleicht hat aber auch die Luft in der Höhe | den Bergsteigern einen Streich gespielt. | Dort oben ist die Luft sehr dünn | und kann einen Rausch bewirken.

122 Wörter

Drei gleiche Konsonanten

Um zu zeigen, dass ein Vokal kurz gesprochen wird, wird der folgende Konsonant oft verdoppelt (↑ S. 69). Bei zusammengesetzten Wörtern treffen dann manchmal die Konsonantenverdopplung und ein gleicher Anfangskonsonant des folgenden Wortes aufeinander. Diese Wörter werden deshalb mit drei gleichen Konsonanten hintereinander geschrieben *(Rollladen, Balletttänzerin)*.

Der geheimnisvolle Eisberg |

Dass Eisberge eine Gefahr | für die **Schifffahrt*** sind, | weiß man seit dem Jahr 1912, | als der größte **Passagierdampfer** der Welt, | die „Titanic“, | einen Eisberg **rammte** | und in den **Wellen** des Nordatlantiks versank. |

Eine besondere Begegnung mit einem Eisberg | **soll** vor vielen Jahren | die Besatzung eines Walfängers erlebt haben. | Der **Kutter** fuhr in Richtung Grönland | und außer **Robben hatte** man noch keine Tiere gesichtet, | als eines Morgens | kurz nach der **Dämmerung** | die Warnsirene **pfiff**. | Ein riesiger Eisberg kam auf sie zu. | Für ein **schnelles** Wendemanöver | war es zu spät, | ein **Zusammenprall** schien unvermeidlich. |

Plötzlich **rannte** ein **Schiffsjunge**, | ein wahrer **Schnellläufer***, | zum **Schiffsbug**, | steckte einen Pfeil in die Bordharpune, | zielte mit der **Waffe** auf den Eisberg | und feuerte das **Geschoss** ab. | Wie durch ein Wunder | **konnte** dies den Eisberg **stilllegen**. | Er schwenkte zur Seite | und blieb **dann völlig** ruhig im **Wasser** liegen. | Man **erkannte** das Rätsel | der unheimlichen Begegnung **schnell**: | Ein Wal | – eigentlich ein echter **Schwimmmeister*** – | war mit dem Eisberg **zusammengeprallt** | und mit seinem Kopf | in einer **Eisplatte** stecken geblieben. | Er **hatte gezappelt**, **gezerrt** | und dabei seine neue „Kopfbedeckung“ | vor sich her geschoben.

184 Wörter

* *auch:* Schiff-Fahrt · Schnell-Läufer · Schwimm-Meister

Hauptgewinn |

Meine Oma nimmt an jeder Verlosung teil, | die sie finden kann. | Letzte Woche hatte sie entdeckt, | dass an der Packung des **Geschirrreinigers*** | ein kleines Schildchen mit einer **Gewinnnummer*** hing. | Also schickte meine Oma eine Postkarte | an die angegebene Adresse. | Als sie gestern den **Kristallleuchter*** | im Wohnzimmer entstaubte, | klingelte es an der Tür. | Der Postbote überreichte ihr | einen **hell leuchtenden*** Briefumschlag. | Ihre Augen wurden immer größer, | als sie die ersten Zeilen las. | Beim **Schlusssatz*** jubelte sie | und fiel dem Postboten um den Hals. | Meine Oma hat tatsächlich eine Kreuzfahrt | zu den **Hawaiiinseln*** gewonnen. | Auf diese Überraschung musste sie erst einmal | ein Stückchen **Nussschokolade*** essen, | denn sie hat bis jetzt keinerlei **Seeerfahrung***. | Wir werden mit ihr in den nächsten Wochen | eine **Flussschifffahrt*** unternehmen, | um ihre Wellentauglichkeit zu testen. | Ich habe mich schon bereit erklärt, | für sie einzuspringen.

136 Wörter

**auch:* Geschirr-Reinigers · Gewinn-Nummer · Kristall-Leuchter · hellleuchtenden · Schluss-Satz · Hawaii-Inseln · Nuss-Schokolade · See-Erfahrung · Fluss-Schifffahrt

ck statt kk und tz statt zz

Soll der Buchstabe **k** verdoppelt werden, schreibt man im Deutschen **ck**. (Ausnahmen sind Fremdwörter wie *Sakko* oder *Mokka*.)
Statt **zz** schreibt man meistens **tz** (Ausnahme z. B. *Pizza*).

Mehr Dreck |

Die Menschen in Europa und Amerika | werden immer schneller krank | und sind sehr anfällig für Allergien. | Ein englischer Arzt | hat sich zum Ziel **gesetzt**, | der Lösung dieses Problems | ein **Stück** näher zu kommen. | Das hat er | mit großem **Einsatz** geschafft. | Er hat eine Medizin gefunden, | die diese **Lücke** schließen soll. |

Doch nicht immer | hilft eine **Spritze** in die **Pobacke**. | Der Arzt glaubt außerdem, | dass die Menschen in der westlichen Welt | so empfindlich sind, | weil sie einfach nicht mehr ausreichend | mit **Schmutz** oder **Dreck** | in Berührung kommen. | Sie **putzen** ihre Wohnung | am liebsten jeden Tag. | Dabei **strecken** sie sich auch | nach der **letzten** Spinnwebe | an der **Zimmerdecke**. |

Das soll nun aber nicht heißen, | dass man den **Deckel** | jeder Mülltonne öffnen soll, | um darin herumzustöbern. | Man soll sich auch | nicht nach allem **bücken** | oder den **Dackel** des Nachbarn | **drücken** und küssen. | Aber man muss auch | kein **Fracksausen** haben, | wenn eine **Stechmücke** | auf dem Arm **hockt**. |

Man soll sich stattdessen | in aller Ruhe **setzen**, | gemütlich einen **Mokka** trinken | und die **Mücke** ignorieren.

171 Wörter

Neue Möbel |

Nachdem Paul seinen Eltern ein Ohr **abgeschwatzt** hat, | ist es endlich so weit. | Er zieht in die erste Etage. | Das neue Zimmer ist einerseits geräumiger | und andererseits ist die **Hitze** im Dachgeschoss kaum auszuhalten. | Alte und neue **Möbelstücke** sollen ihren **Platz** im Zimmer finden. | Um mehrere Varianten durchzugehen, | erstellt Paul **Skizzen**. | Ein wenig heikel sind die Holzbalken | in der hinteren **Ecke** des Raumes. |

In **letzter** Minute **entdeckt** Paul | im Möbelhaus einen Kleiderschrank, | dessen Maße exakt passen. | Ein neues Bett liegt nicht im preislichen Rahmen, | aber er besteht darauf, | dass seine alte **Matratze** | durch ein Exemplar **ersetzt** wird, | das sich dem **Rücken** anpasst. | Am Tag der Möbellieferung | stehen **Dutzend*** Pakete im Flur. | Ein **witziger** Mann mit grauem Schnauzbart | hat sie bis ins Haus geschleppt. | Ab **jetzt** herrscht Arbeitsteilung. | Paul **packt** alles aus, | sein Vater holt den **Akkuschrauber** | und **setzt** die Einzelteile zusammen. | Anfang März sind die Strapazen vorbei | und Paul wird in seinem neuen Reich faulenzen | und **Pizza** mit **Brokkoli*** essen können.

163 Wörter

* *auch:* dutzend · Broccoli

Konsonantenhäufung und Konsonantenverdopplung

Auf einen kurz gesprochenen Vokal folgen häufig Doppelkonsonanten. Auch Konsonantenkombinationen kennzeichnen einen kurzen Vokal (↑ S. 69–74).
Wird ein Wort mit Doppelkonsonant geschrieben, so schreibt man auch alle verwandten Wörter mit Doppelkonsonant.

Der Rothirsch |

Der Rothirsch ist eines der imposantesten Tiere unserer Wälder. | Bis zu zwei Meter fünfzig lang | und mehrere Zentner schwer, | entwickelt er auch entsprechenden Appetit. | Die winterlichen Verbissschäden | gehen in die Millionen. | Gründlich schält das Hirschrudel | in den Schonungen die jungen Bäume, | die dann nicht weiter wachsen können. | Lichte Auenwälder sind ihnen genauso lieb wie Gebirgswälder. |

Im Winter, wenn die Laubbäume ohne Blattwerk sind | und Schnee liegt, | kann man die Hirschrudel ziehen sehen. | Häufiger findet man ihre Hufabdrücke, | Trittsiegel genannt. | Auf der Suche nach Nahrung | fallen sie in die Schonungen ein. | Aus wirtschaftlichen Gründen | stellen Jäger und Forstverwaltungen Fütterungen auf. | Mit etwas Glück können Spaziergänger | sie an solchen Plätzen beobachten, | denn diese majestätischen Tiere | sind nicht oft in freier Wildbahn zu sehen.

123 Wörter

Küchenunglück |

Hannah will heute eine Suppe kochen. | Sie besorgt Fleisch, Gemüse und Kartoffeln, | schafft den allergrößten Topf | aus dem Keller herbei | und schnippelt alles klein. |

Plötzlich kracht es laut | in Mutters Arbeitszimmer. | Hannah lässt alles fallen | und stürmt schnell nach oben. | Dort steht ihr kleiner Bruder Tom | vor dem Lattenregal | und starrt seine Schwester betroffen an. | „Ich wollte nur | die neuen Bücher von Mama anschauen. | Als ich sie herunternehmen wollte, | ist das Ding zusammengebrochen.“ |

Mühsam baut Hannah mit Tom | das Regal wieder auf | und als sie beim Einräumen sind, | schnuppert sie misstrauisch. | Etwas stinkt. | Die Suppe! |

Die Haustür knarrt, | Vater steht im Flur und schnüffelt: | „Was ist denn hier angebrannt?“ | Unglücklich erzählt Hannah, | dass sie eine Suppe kochen wollte, | und die Geschichte mit dem Regal. | Vater, der inzwischen den Topf | von der Platte genommen hat, | lacht und meint: | „Tja, mein Schatz, | dieses Abendessen ist nicht mehr zu retten“, | und wirft es in die Tonne. | „Aber etwas müssen wir essen. | Im Kühlschrank sind Eier und Milch, | Zucker ist ebenfalls da. | Na, dann gibts eben Pfannkuchen!“ | Er kann ja eigentlich nicht kochen, | aber seine Pfannkuchen | sind der absolute Renner!

187 Wörter

Alle Phänomene der Schärfung auf einen Blick

Um die Kürze eines Vokals anzuzeigen, wird der folgende Konsonant oft verdoppelt. Beim **k** schreibt man aber nicht **kk,** sondern **ck.** Beim **z** schreibt man nicht **zz,** sondern **tz.**
Bei zusammengesetzten Wörtern treffen manchmal die Konsonantenverdopplung und ein gleicher Anfangskonsonant des folgenden Wortes aufeinander. Diese Wörter werden deshalb mit drei gleichen Konsonanten geschrieben.

Überfall in der Strumpffabrik |

Meldung der Hattenbacher Nachrichten |

Am Montag wurde die Strumpffabrik „Duftende Socke" | von fünf maskierten Männern überfallen. | Schnell stießen sie | die Verkäuferinnen zur Seite | und wollten die Kasse öffnen. | Weil aber die Schublade klemmte, | bedrohten sie eine der Angestellten | mit einem Messer. | Die bekam einen Asthmaanfall. | Röchelnd rang sie nach Luft, | erschrocken ließ der Räuber sie los | und starrte einen Moment | seine Kumpane an. | Diesen Moment nutzte der Strumpfmanager, | um drei der Männer | mit einem Pappplakat zu Fall zu bringen. | Geistesgegenwärtig setzten die Verkäuferinnen | die anderen beiden mit Dekorationsstücken außer Gefecht. | Gefesselt mit Damenstrümpfen | reihten die Überfallenen die Täter auf | und baten sie, vernünftig zu sein. | Besonnen rief der Geschäftsführer die Polizei an | und bat sie, | auch einen Rettungswagen mit Sauerstoffflasche | für seine asthmakranke Angestellte zu schicken. |

Der Prozess gegen die Täter | wird im Mai stattfinden. | Es wird damit gerechnet, | dass sie zu einer Haftstrafe verurteilt werden, | auch wenn sie zur Prozesssache nichts aussagen, | weil auf das Konto der Bande | auch drei Tankstellen- und zwei Ladenüberfälle gehen.

170 Wörter

Wilde Musik |

Die Rockmusik hatte in den Sechzigerjahren* | ihren absoluten Höhepunkt erreicht. | Sie bestimmte das Lebensgefühl | einer ganzen Generation junger Leute. | Aus den meisten Jugendzimmern schallten und hämmerten | tagein, tagaus laute und schrille Töne, | die gehörig an den Nerven der Eltern und Nachbarn zerrten, | die diese Art von Musik | einfach als „Krach“ bezeichneten | und sie am liebsten verboten gesehen hätten. | Aber nicht nur die Lautstärke war ungewohnt, | auch das Aussehen und das Verhalten der Musiker in der Öffentlichkeit | kannten weder Regeln noch Grenzen: | Sie hatten lange Haare, | zogen grellbunte Kleidung an | und streckten den Reportern auch schon mal die Zunge heraus | oder ließen sich nackt auf der Kloschüssel sitzend fotografieren. | Die Gesellschaft der Erwachsenen war geschockt, | Moralapostel hätten die „Gammler“ | und „Hippies“ am liebsten eingesperrt gesehen, | man witterte den Untergang des Abendlandes. |

Am schlimmsten empfanden die besorgten Eltern jedoch das, | was sich in unzähligen Rockkonzerten abspielte: | Die Hallen waren schon lange vor Konzertbeginn brechend voll. | Man hockte am Boden, rauchte, | trank und unterhielt sich. | Wenn dann plötzlich das Licht im Saal ausging, | die Scheinwerfer aufblitzten | und alles in ein buntes Lichtermeer von dunkelblau bis helllila tauchten, | sprangen die Leute wie von einer Hornisse gestochen auf, | drängelten sich nach vorne | und starrten wie gebannt auf die Bühne.

206 Wörter

* *auch:* sechziger Jahren

4 Gleich und ähnlich klingende Laute und Silben

4.1 Vokale

e und ä

Der Vokal **e** und der Umlaut **ä** klingen sehr ähnlich oder gleich *(Bäcker – lecker)*. Um zu unterscheiden, ob ein Wort mit **e** oder **ä** geschrieben wird, kann man sich merken: Die meisten Wörter mit **ä** lassen sich von einem Wort mit **a** ableiten *(kräftig – Kraft, Gelände – Land, jährlich – Jahr)*.

Wettkrähen |

Beim jährlichen Treffen | des Hähnchenzüchtervereins | gab es in diesem Jahr | einen Preis für den prächtigsten Hahn zu gewinnen. | Sieger sollte sein, | wer beim Wettkrähen am häufigsten und lautesten krähte | und den mächtigsten Kamm hätte. |

Die Kämme vieler Hähne | waren außerordentlich prächtig. | Und so kam es, | dass das Krähen ausschlaggebend sein sollte. |

Johann, der Pächter des größten Hofes, | und Hinnerk, Besitzer kleinerer Ländereien | in der Nähe des Wäldchens, versuchten, | ihre Hähne zum Krähen zu bewegen. | Dabei waren sie so auf den Gegner fixiert, | dass sie gar nicht merkten, | dass der Sieg | an den Hahn eines kleinen Mädchens ging. | Diese hatte ihren Hahn ständig gestreichelt, | statt ihn mit gehässigen Bemerkungen aufzustacheln, | was Johann und Hinnerk taten.

115 Wörter

eu und äu

Die Diphthonge **eu** und **äu** klingen gleich. Auch hier musst du nach verwandten Wörtern suchen, meist gibt es zu Wörtern mit **äu** auch ein Wort mit **au** *(Häuptling – Haupt, Däumling – Daumen)*.

Über Geschmack lässt sich streiten |

Auf einem Baum saß eine Elster | und sang ein Lied. | Der Wind pfiff durch die Blätter | der **Bäume** und **Sträucher** | und begleitete ihren Gesang. | Die Elster war begeistert von diesem Konzert | und **träumte** von einer Karriere als Sängerin. | Da näherte sich **neugierig** ein Gänserich. | Er war über einen der **Zäune** geklettert und meckerte: | „Mit deinem **gräulichen Geheule** erschreckst du ja alle **Leute**. | Solch ein Gekrächze sollte in allen Wäldern, | in denen sich Spaziergänger aufhalten, | verboten werden.“ | Da antwortete die Elster frech: | „Hör auf zu schnattern, **teurer Freund**. | Du solltest erst einmal die Krähe hören, | bei ihrem Gemecker werden sogar | die leckersten **Kräuter** und Gräser bitter.“

110 Wörter

e und ä, eu und äu gemischt

Man schreibt ein Wort mit **ä** bzw. **äu**, wenn es sich von einem Wort mit a bzw. au ableiten lässt (↑ S. 79 f.). Bei einigen Wörtern wie *Geländer, Säule, Knäuel* helfen keine Ableitungen, diese Wörter muss man sich merken.

Aufregung am Morgen |

Heute Morgen habe ich ein echtes Abenteuer erlebt. | Wie jeden Tag radelten meine Freunde und ich | gemeinsam durch ein kleines Wäldchen. | Plötzlich hörten wir in der Ferne ein komisches Geräusch | und sahen bläuliche Lichter aufsteigen. | Ängstlich und auch ein wenig neugierig hielten wir an. | Schließlich können uns in der Dämmerung | unsere Sinne ganz schön täuschen. |

Ich räusperte mich, | weil mir keine beruhigende Erklärung einfiel. | Zuerst dachte ich an Lebewesen von einem anderen Stern. | Dann vermutete ich, dass ich träumte. | Mutig beschlossen wir | die leuchtende Erscheinung aus der Nähe zu betrachten. | Ich konnte es kaum fassen. | Die Lichter führten uns zur Kreuzung | vor unserem Schulgebäude. | Dort standen viele Leute | und klatschten in die Hände. | Tatsächlich hat die Arbeitsgemeinschaft „Wissenschaft und Technik“ | eine neue Erfindung getestet. | Dieser Morgen wird mir auf jeden Fall im Gedächtnis bleiben.

137 Wörter

Die Tugend der Verschwendung |

Alle reden vom Sparen. | Fast schon als Säugling bekommt man eingebläut, | dass es eine Schande ist, Geld zu vergeuden. | Doch nicht überall wurden die Reichtümer so ängstlich gehortet. | Die Indianerstämme an Nordamerikas Westküste hatten den Brauch, | Gäste möglichst aufwendig zu beschenken. | Dieser äußerst teure Brauch heißt Potlatsch. |

„Unser Häuptling beschämt die Leute, | indem er sie überschwänglich beschenkt", | erklärte 1925 ein Indianer einem Forscher. | Je teurer die Gäste beschenkt wurden, | desto kräftiger stieg das Ansehen. | Gegeben wurde nicht in der Erwartung, etwas zurückzubekommen. | Im Gegenteil: | Gerade wenn es den Gästen nicht gelang, | den Potlatsch zu erwidern, galt er als erfolgreich. |

Für diese Anlässe wurden häufig besondere Häuser gebaut. | Ein beschenkter Häuptling versuchte, | sich seinerseits mit noch prächtigeren Geschenken zu rächen. | Man ging sogar so weit, | ausgewählte Kostbarkeiten vor den Augen der Gäste zu vernichten. | In unserer Kultur dagegen schlägt Künstlern, | die Geld verbrennen oder von einem Hochhaus werfen wollen, | nur ungläubiges Staunen oder sogar unbändige Verärgerung entgegen. | Das endet auch schon mal in Meuterei, | denn Reue zeigen die Künstler nicht, | wenn die Leute sich zusammenknäulen und sich wie die Räuber | um das Geld schlagen.

187 Wörter

ei und ai

Die Diphthonge **ei** und **ai** werden gleich ausgesprochen. Mit **ai** schreibt man allerdings nur wenige Wörter. In Fremdwörtern taucht der Diphthong **ai** aber häufiger auf; er wird dort in der Regel jedoch anders ausgesprochen. In ganz wenigen Fällen entscheiden allein **ei** oder **ai** über die Bedeutung eines Wortes *(Seite – Saite, Weise – Waise)*.

Ein Kaiser mit Sonderwünschen |

In einem fernen Land herrschte ein Kaiser, | für den es nichts Schöneres gab | als leckeres Essen und gute Musik im Freien. | Schon bei den Vorbereitungen des großen Maifestes | achtete er auf jedes kleinste Detail. | Die Lakaien mussten seine Anweisungen peinlich genau einhalten. | Beispielsweise mussten sie die Abstände zwischen den Tellern exakt ausmessen | und die Weingläser in einer bestimmten Reihenfolge anordnen. |

Auch bei der Zubereitung der Speisen | verstand der Kaiser keinen Spaß. | Er erkannte sofort, | ob ein Experte oder ein Laie | den Kochlöffel geschwungen hatte. | Besonders heikel waren Gerichte mit Reis, | denn dieser durfte nicht zu klebrig, | aber auch nicht zu fest sein. | Seine Leibspeise war Buttermais. | Dazu wünschte er sich jedes Mal | ein Laib Brot aus gehackten Zwiebeln, | Weizenmehl und geriebenen Kartoffeln. |

Bevor die Feierlichkeiten beginnen konnten, | mussten alle Musiker ihre Instrumente prüfen. | Unverzeihlich, wenn während des Konzerts | die Saite einer Gitarre oder Geige reißen würde. |

Zum Glück klappte alles wie am Schnürchen | und der Kaiser fiel zufrieden in sein Bett. | Für seine Bediensteten geht der Stress jedoch weiter, | denn morgen beginnt die Ideensammlung für die Weihnachtsfeier.

181 Wörter

4.2 Konsonanten

b und p

Viele Konsonanten im Deutschen klingen ähnlich, zum Beispiel **b** und **p.** Im Anlaut wird **b** weich gesprochen, **p** dagegen hart *(Bein, Pein).* Am Ende einer Silbe und am Wortende klingt **b** aber wie **p.** Wenn du das Wort verlängerst oder ein verwandtes Wort suchst, hörst du jedoch, ob **b** oder **p** geschrieben werden muss.

Aus dem Lokalteil |

Bei seinem gestrigen Einbruch | hat sich Richard R. besonders plump angestellt. | Er war in den Betrieb eingebrochen, | in dem er selbst arbeitete. | Als Grund gab er an, | er sei von seinem Meister | grob behandelt worden | und habe nie ein Lob bekommen. | Als ihm dann noch | die Tochter des Chefs einen Korb gab, | waren bei ihm alle Sicherungen durchgebrannt. | Mit einem schweren Eisenstab | hieb er auf alles in der Werkstatt ein. | Dabei war er nicht auf Raub aus, | schließlich sei er kein Dieb, meinte er. |

Zum Verhängnis wurde ihm, | dass er auf der Flucht | nicht nur mehrere Stoppschilder überfuhr, | sondern auch unglaublich schnell war. | So fiel er einer Polizeistreife auf. | Auf dem nassen Laub in der Ulmenallee | kam sein Auto dann ins Schleudern. | Als die Beamten ihn aus dem Wagen befreiten, | gab er sofort alles zu. | „Ich habe einfach den richtigen Maßstab verloren", sagte er. | „Ich hab die Leni doch lieb."

154 Wörter

d und t

Wie **b** und **p** (↑ S. 84) klingen auch **d** und **t** sehr ähnlich. Im Anlaut wird **d** weich gesprochen, **t** dagegen hart *(Dach, Tag)*. Am Ende einer Silbe und vor allem am Wortende sind **d** und **t** manchmal nicht zu unterscheiden. Wenn du das Wort verlängerst oder ein verwandtes Wort suchst, hörst du jedoch meistens, ob **d** oder **t** geschrieben werden muss *(Wand – Wände, kalt – Kälte)*.

Ist Fernsehen schlecht für Kinder? |

Seit Langem* besteht der Verdacht, | Fernsehen sei schlecht für ein Kind. | Mord und Gewalt, so sagen Kritiker, | werden so echt dargestellt, | dass viele nur noch schlecht | zwischen Spiel und Realität | unterscheiden können. | Es ist erwiesen, | dass gerade Kleinere alles glauben, | was sie sehen. | Filme, in denen das Recht erkämpft werden muss, | führen zu einem falschen Bild | von der Staatsgewalt. | Kein Polizist hat das Recht, | Menschen einfach kaltzumachen. | Und so einfach lässt sich im wahren Leben | eben nicht zwischen Gut und Schlecht unterscheiden. |

Soll man das Fernsehen deshalb direkt verbieten | oder sofort umschalten, | wenn es nicht nur um Rehe im Wald geht? | Auch das wäre schlecht. | Aber man sollte regelmäßig | über das Gesehene sprechen, | um den Blick für die Realität zu wahren.

125 Wörter

* *auch:* Seit langem

g und k

Neben **b** und **p** sowie **d** und **t** (↑ S. 84 f.) kann man auch **g** und **k** manchmal schlecht unterscheiden. Auch hier kannst du im Anlaut gut hören, dass **g** weich ausgesprochen wird, **k** dagegen hart *(Guss, Kuss)*. Im Wortinnern klingen **g** und **k** manchmal sehr ähnlich. Am Wortende sind sie beim Hören meist nicht zu unterscheiden *(Sarg, Park)*. Oft hilft es, wenn du die Mehrzahl bildest oder ein verwandtes Wort suchst.

Ein ängstlicher Riese |

Auch Tiere leiden in der Gefangenschaft. | Zwergwale und sogar Killerwale, | auch Orcas genannt, | die in den Vergnügungsparks dressiert werden, | werden unselbstständig. | Es ist ein Betrug an ihrer Art. |

In Freiheit fliegt der Orca voller Glück | über endlose Strecken durch das Wasser. | Orcas leben in Rudeln. | Ein erfahrener Orca | lehrt ein Jungtier viele Jagdtechniken, | sodass ihm Robben und Fische | auf einem Beutezug kaum entgehen können. | Orcas können sich untereinander verständigen. | Es gibt sogar unterschiedliche Dialekte. |

Wie sehr diese Fähigkeiten verkümmern, | zeigte der Versuch, | einen lange in Gefangenschaft lebenden Orca | auf einen Schlag freizulassen. | Der Orca war so an das Leben in künstlichen Becken, | die kaum größer als ein Teich waren, gewöhnt, | dass er Angst vor der dunklen Tiefe des Meeres hatte. | Er war kein richtiges Raubtier mehr, | sondern benahm sich wie ein Feigling. | Statt die Robben zu töten, | spielte er mit ihnen. | Auch die Sprache seiner Artgenossen hatte er verlernt | und schon nach zehn Minuten Schwimmen | hatte er genug | und war vollkommen aus der Puste.

167 Wörter

f, ph und v

Oft schreibt man den f-Laut tatsächlich mit **f.** In den meisten Wörtern, die ein **v** am Wortanfang oder am Wortende haben *(Vater, aktiv),* wird dieses aber auch wie ein **f** ausgesprochen sowie in einigen Wörtern, die ein **v** im Wortinnern haben *(Pulver, wundervoll, Larve).* In einigen Fremdwörtern schreibt man den f-Laut mit **ph** *(Phase, Katastrophe, Philosophie),* manche Fremdwörter lassen jedoch auch beide Schreibweisen zu *(Delfin/Delphin).* Bei einem dieser Fremdwörter ist nur noch die Schreibweise mit **f** zugelassen *(Telefon).*

Versunkene Legende |

Die Titanic war der größte **Luxusdampfer** seiner Zeit. | Als sie 1912 aus dem **Hafen auslief**, | **verließ** man sich | **auf** die **weitverbreitete** Annahme, | dass sie unsinkbar sei. | Es entsprach der **Philosophie** dieser Zeit, | dass der Mensch sich **für unfehlbar** hielt. | Es sprengte den Rahmen der menschlichen **Fantasie*** | und war **unvorstellbar**, | dass eine technische Meisterleistung **versagen** könnte. |

Die **Katastrophe**, | die in der Nacht zum 15. April geschah, | **versetzte** diesem **Selbstverständnis** der Menschen einen Dämpfer. | Ein **Funker vergaß**, | die Meldung über **gefährliche** Eisberge | an den Kapitän weiterzuleiten. | Das Schicksal nahm seinen **Lauf**, | und ein Eisberg bohrte sich in den **Rumpf** der Titanic. | Das **Schiff versank** in nur drei Stunden. | Alle **Hilferufe** waren **vergebens**. | Etwa 1500 Menschen **verloren** ihr Leben. |

Heute liegt der Ozeanriese | in 3800 Metern **Tiefe** | und ist das Objekt der Begierde | von **Forschern** und **Souvenirjägern**. | Die **Verfilmung** der Tragödie | wurde zu einem der größten **Kinoerfolge**.

146 Wörter

* *auch:* Phantasie

Sehnsucht nach Frühling |

Von Mensch und Tier wird der **Frühling** sehnsüchtig erwartet. | **Fohlen** springen **fröhlich** auf der Weide, | in den **Vorgärten** sprießen **Vergissmeinnicht**, **Veilchen** und **Flieder**. | **Freilich** ist dies ein **hervorragendes Motiv** für **Fotografen***, | die mit Kamera und **Stativ** in die Natur ziehen | und geduldig auf den richtigen Moment warten. |

Das Erwachen der Natur stimmte bereits die **Philosophen** der Antike nachdenklich. | Sie **fühlten** sich von der **farbigen Atmosphäre** ermutigt, | die Welt mit ihren **fantastischen*** Geheimnissen zu entdecken. | **Fragen** über Fragen schwirrten in ihren Köpfen, | doch eindeutige Antworten **fielen** ihnen oft nicht ein. |

Auch **viele** Dichter widmeten sich dieser besonderen **Phase** des Jahres | und schrieben ihre **verträumten** Gedanken nieder. | **Vielerlei Strophen füllten** sie mit kreativen **Versen**.

115 Wörter   **auch:* Photographen · phantastischen

x-Laut

Im Deutschen gibt es verschiedene Schreibungen des gesprochenen x-Lautes: **ks, cks, gs, chs.** Sie lassen sich durch unser Gehör kaum unterscheiden. Feste Regeln gibt es nicht, allerdings kann es manchmal helfen, wenn du nach der Wortfamilie fragst, aus der das Wort stammt *(der Klecks – kleckern, anfangs – der Anfang).*

Die Geschichte vom frechen Dachs |

Es war einmal ein frecher Dachs, | der war bekannt dafür, | ein guter Verkäufer zu sein. | Er war viel unterwegs | und bereiste viele Länder. | So war es ihm gelungen, | einem Inuit einen Kühlschrank zu verkaufen. | Da traf er eine Eidechse | und erzählte ihr von seinen Erfolgen. | Die Eidechse sagte zu ihm: | „Du bist doch ein rechter Ochse, | aber noch lange kein schlauer Fuchs. | Erst wenn es dir gelingt, | einem Elch eine Gasmaske zu verkaufen, | kannst du dich als guten Verkäufer rühmen.“ |

Geradewegs fuhr er nach Norden | und bot den Elchen seine Gasmasken an. | Anfangs tat er sich schwer, | denn die Elche zuckten nur die Achseln | und zogen weiter. | Dann hatte er eine Idee. | Alles war ein Klacks: | Er baute flugs eine Fabrik, | aus der werktags Qualm aufstieg. | Tags darauf kamen die Elche zu ihm | und rissen ihm die Gasmasken aus den Händen. | Auf die Frage, was er in seiner Fabrik mache, | antwortete der Dachs: „Gasmasken.“

159 Wörter

Gleich und ähnlich klingende Konsonanten

Auf den Seiten 84 bis 86 kannst du nachlesen, wie du die gleich und ähnlich klingenden Konsonanten **b** und **p, d** und **t, g** und **k** am besten unterscheiden kannst. Vor allem am Ende des Wortes hört man oft keinen Unterschied. Oft hilft es, wenn du ein verwandtes Wort suchst. Das kannst du mit diesem Diktat üben.

Der lange Weg zum Erfolg |

Der Lebensweg der schottischen Kinderbuchautorin | Joanne K. Rowling | hört sich an wie ein Märchen. | Als sie ihr erstes Buch schrieb, | hatte die junge Frau kaum Geld. | Die Wohnung war im Winter so kalt, |dass sie mit ihrem Kind durch die Straßen lief, | um sich durch Bewegung etwas aufzuwärmen. |

Nachdem sie ihren ersten Roman geschrieben hatte, | hörte ihr Leid noch nicht auf. | Neun Verleger fanden kein Lob für das Manuskript. | Sie schrieben Absagen, | die sehr plump waren. | Doch die Autorin gab nicht auf | und der zehnte Verlag nahm ihr Buch an. |

Heute sind ihre Bücher | bereits in mehr als zwanzig Sprachen übersetzt. | Harry Potter heißt ihr Held. | Seine Kindheit ist hart. | Denn er ist ein Waisenkind und muss erkennen, | dass viele Menschen nicht sehr klug sind | und meistens dumme Regeln brauchen, | um einen Halt zu haben. |

Harry entkommt dieser Welt mit einem Schlag, | als er entdeckt, dass er Zauberer ist. | Dadurch öffnet sich ihm eine andere Welt. | Doch auch dort muss Harry darauf achten, | wer Freund oder Feind ist.

173 Wörter

4.3 Silben und Wörter

-ig und -lich

Die Endungen **-ig, -lich** sind lautlich schwer zu unterscheiden. Im Zweifelsfall kann es allerdings helfen, wenn du das Wort verlängerst oder an ein Substantiv anpasst *(geizig – der geizige Mann, herzlich – die herzliche Mutter).*

Sportfest im Nebel |

Unser Sportfest fand in diesem Schuljahr | Anfang September statt. | Wir rechneten mit Sonnenschein und **sommerlichen** Temperaturen. | Das Wetter war an diesem Tag jedoch **richtig ungemütlich**. | Es war so **neblig**, | dass man gar nicht sehen konnte, | wo die Sprunggrube lag. | Auch der **lästige** Wind | hinderte uns daran, | Bestleistungen zu zeigen. | Beim Weitwurf sind die Bälle | **förmlich** in Zeitlupe geflogen | und beim Sprint konnte man | kaum **ordentlich** einatmen. | Nur **wenige** Schülerinnen und Schüler | konnten ihre **bisherigen** Werte verbessern. |

Am schlimmsten war **tatsächlich** der Ausdauerlauf, | denn es regnete in Strömen. | Danach waren wir nicht nur pitschnass, | sondern auch **durstig** und **hungrig**. | **Glücklicherweise** mussten wir nicht mehr in die Schule zurück | und konnten Zuhause unsere **eisigen** Hände aufwärmen. | Vielleicht haben wir beim nächsten Mal | nicht so viel Pech mit unserem **jährlichen** Sportfest.

131 Wörter

Pinocchios Abenteuer |

Pinocchio, so heißt die lebendig gewordene Holzpuppe, | die der italienische Schriftsteller Carlo Collodi | im 19. Jahrhundert schuf. | Die Geschichte ist herrlich. | Durch sie hat sich der Autor | in die Erinnerung unzähliger Kinder eingeschrieben. |

Pinocchio hat einen armen, | aber herzlichen Vater. | Eigentlich ist er nicht sein Vater, | sondern sein Schöpfer, | denn er schnitzte seinen Sohn | aus einem Stück Holz. | Er gibt für diesen Sohn | sein letztes Hemd, | doch Pinocchio ist vergesslich | und so beginnt er seine Abenteuer, | ohne an seinen häuslichen Vater zu denken. |

Diese menschliche Holzpuppe | macht sich hurtig auf die Suche nach ihrem Glück | und wird auf diesem Weg | mehrmals richtig diebisch übers Ohr gehauen. | Ein Fuchs und ein Kater | bringen Pinocchio schließlich | um seinen kläglichen Besitz. |

Endlich finden sich Vater und Sohn wieder. | Im riesigen Bauch eines Wales | begegnen sich die beiden | und fallen sich glücklich in die Arme. | Herzlich nimmt der Vater | den verlorenen Sohn wieder auf.

152 Wörter

Tod und tot

Bei den Wörtern *Tod* und *tot* hören sich das **d** bzw. **t** gleich an. Trotzdem gibt es Regeln, die dir helfen. **Substantive** werden meist mit **d** geschrieben *(Tod, Todesfall;* Ausnahme: *der Tote, Totgeburt, Totschlag).* **Zusammengesetzte Verben und davon abgeleitete Partizipien** werden meist mit *tot-* gebildet *(totlaufen, totgeärgert).* Das **Adjektiv** *tot* wird mit **t** geschrieben. **Zusammengesetzte Adjektive** werden meist mit *tod-* gebildet *(todkrank, todsicher).* Oft hat *tod-* hier die Bedeutung von *sehr.*

Die vielen Gesichter des Todes |

Der Tod hat nicht immer und überall | die gleiche Bedeutung. | Früher starben die Todgeweihten zu Hause | im Kreis von Verwandten und Freunden. | So wurde der Todkranke ständig betreut | und sogar nach seinem Ableben | gab es bis zur Beerdigung die Totenwache. | Zwar waren die Angehörigen todtraurig, | doch der Umgang mit dem Tod folgte festen Regeln. |

Seit dem 20. Jahrhundert wird der Tod | mehr und mehr aus dem Leben verbannt und totgeschwiegen. | Der Todeskampf findet heute in Krankenhäusern statt | und die Zeit wird totgeschlagen, | indem man dem Todeskandidaten vortäuscht, | dass der Tod heilbar und nicht todsicher sei. |

In allen Religionen spielt der Tod eine wichtige Rolle. | Im Christentum bedeutet der Tod | Erlösung von den Sünden. | Der Hinduismus betrachtet das Leben und den Tod als Kreislauf, | der sich erst totläuft, | wenn der Mensch diesen Zirkel der Wiedergeburten verlässt. | Der Buddhismus nennt die Auflösung des Ichs | den „großen Tod“; | für die Toten sind dann die Grenzen | zwischen dem Ich und der Welt aufgehoben. | Todesangst und Todesmut | sind also Antriebsfedern jeder Kultur.

172 Wörter

Stadt und statt

Die beiden Wörter **Stadt** und **statt** klingen gleich. Zusammengesetzte Wörter mit **Stadt-** haben immer etwas mit der Bedeutung *Stadt als größerer Ort* zu tun *(Stadtzentrum)*.
Bei Wörtern mit **statt** hilft es meistens, wenn man darauf achtet, ob sie etwas mit der Bedeutung *Platz, Stelle* zu tun haben *(Werkstatt)* oder mit der Bedeutung *stellvertretend für, anstelle (anstatt)*.

Ein Leben im Glashaus |

In der chilenischen Hauptstadt Santiago de Chile | wurde eine junge Schauspielerin berühmt, | weil sie in einem gläsernen Haus im Stadtzentrum wohnt. | Die junge Frau ist mittlerweile stadtbekannt. | Schon am Morgen versammeln sich applaudierende Männer | und zornige Ehefrauen aus allen Stadtteilen vor dem Haus, | um der Frau beim Duschen und Frühstücken zuzusehen. | Dann geht die Frau zu ihrer Arbeitsstätte, | um am Abend wieder in ihr stattliches, | aber absolut öffentliches Haus zurückzukehren. |

Es handelt sich dabei um eine künstlerische Aktion, | die zum Teil die Stadtverwaltung finanziert | und die sogar mit dem Segen des Staatspräsidenten stattfindet. | Dass dieser Aktion stattgegeben wurde, | ist für das eher prüde Chile sehr ungewöhnlich. | Die Künstler wollen die Menschen mit ihrem Projekt | zum Nachdenken über die Grenzen | zwischen öffentlichem und Privatleben bringen. |

Die Bevölkerung der Großstadt reagiert sehr unterschiedlich. | Manche finden die Idee genial. | Andere erklären die Aktion stattdessen | für nicht statthaft und empfehlen, | die junge Frau in die psychiatrische Abteilung des Stadtkrankenhauses einzuweisen.

160 Wörter

ent- und end-

Der Unterschied zwischen den beiden Vorsilben **ent-** und **end-** ist nicht zu hören. Aber es hilft dir, wenn du darüber nachdenkst, ob die Bedeutung des jeweiligen Wortes etwas mit *Ende* zu tun hat. Denn dann schreibt man es mit der Vorsilbe **end-.** Wörter mit der Vorsilbe **ent-** haben inhaltlich oft mit *wegnehmen, weggeben* oder *loswerden* zu tun.

Geburtstagsfeier im Freien |

Endlich ist der große Tag gekommen. | Leon feiert seinen Geburtstag mitten im Wald | auf einer kleinen Lichtung, | die er letztes Jahr bei einem Spaziergang entdeckte. | Schon seit ein paar Tagen | ist er unglaublich aufgeregt. | „Du kannst das Wetter nicht beeinflussen. | Entweder scheint die Sonne oder nicht“, | beruhigen ihn seine Eltern. |

Tatsächlich ist heute keine einzige Wolke | am Himmel zu sehen. | An der Lichtung warten schon seine Geburtstagsgäste | mit unendlich vielen Geschenken. | Dann suchen alle gemeinsam einen Schatz. | Dafür müssen sie mehrere Hinweise finden | und einen Zettel in Geheimschrift entschlüsseln. | Diese Botschaft enthält Anweisungen, | wo der Schatz versteckt ist. | In der entlegensten Ecke der Lichtung | haben Leons Eltern | eine Box mit Süßigkeiten vergraben. | Diese Entdeckung kommt genau zur richtigen Zeit, | denn alle sind entsetzlich hungrig. |

Abschließend spielen die Kinder | gegen die Erwachsenen Fußball. | Das Endergebnis könnt ihr euch sicher denken. | Natürlich gewinnt die Jugendmannschaft | mit einem alles entscheidenden Tor | kurz vor Ende. | Den Kindern hat der Tag viel Spaß gemacht | und auch die Eltern fanden | die Idee einer Waldparty ganz entzückend.

172 Wörter

Entdeckungsreisen |

Die Welt von heute ist klein geworden. | Entfernungen stellen keine entmutigenden Hindernisse mehr dar. | Aber das war nicht immer so. | Früher schien die Welt unendlich groß zu sein | und voll von entsetzlich fremden Ländern und Menschen. | Trotzdem entschieden sich Menschen schon immer dafür, | zu reisen und die Welt zu enträtseln. | Besonders bekannt sind die Entdecker der frühen Neuzeit. | So erreichte 1498 ein portugiesisches Schiff | unter Kapitän Vasco da Gama | nach beinahe endloser Fahrt Indien auf dem Seeweg. | Bereits 1492 hatte der berühmte Christoph Kolumbus dies versucht, | stattdessen aber eine der Bahamainseln entdeckt. | Das war nicht die Endstation seiner Reise, | er erreichte noch Kuba und Haiti. | Auf seiner dritten Reise von 1493 bis 1496 | betrat er schließlich den südamerikanischen Kontinent. |

Wie enttäuscht wäre er gewesen, | wenn er gewusst hätte, | dass er auf seiner vierten Reise Mittelamerika betrat. | Denn er wollte eigentlich immer einen Seeweg nach Indien finden. | Das Endergebnis der europäischen Lust am Entdecken | war allerdings die entmündigende | und entwürdigende Unterdrückung der Ureinwohner.

163 Wörter

wieder und wider

Die beiden Wörter **wieder** und **wider** klingen gleich. Besonders oft kommen sie in zusammengesetzten Wörtern vor *(wiederholen, widersprechen)*. Es hilft, wenn man auf den Inhalt der Wörter achtet: Wörter mit der Vorsilbe **wieder** haben mit *erneut, noch einmal* zu tun. Wörter mit der Vorsilbe **wider** haben etwas mit *gegen, zurück* zu tun.

Das königliche Spiel |

Schach ist ein uraltes Spiel | und übt auf einige Menschen einen unwiderstehlichen Reiz aus. | Im Schach gibt es so viele Möglichkeiten, | dass nicht einmal ein Computer sie alle wiedergeben kann. |

Manche Stellungen tauchen zwar immer wieder auf, | doch schon nach zehn Zügen | können viel mehr Stellungen entstanden sein, | als Menschen auf der Erde leben. | Der größte Widersacher des Schachspielers | sind also die unzähligen Möglichkeiten. | Ein etwas widersinniges indisches Sprichwort heißt: | Schach ist ein See, in dem eine Mücke baden | und ein Elefant ertrinken kann. |

Beim Schachspiel ist es wichtig, | die zentralen Felder zu erobern, | weil dort die Schlagkraft der Figuren am größten ist. | Wiederholung und stetiges Üben machen im Schach den Meister. | Widersprüchlich ist die Einschätzung des Schachspiels. | Für manche ist es ein Sport, | für andere eine Wissenschaft | und für wieder andere eine Kunst. |

Seit 1970 wird die Spielstärke eines Spielers | in einem Punktesystem wiedergegeben. | Das stieß allerdings auch auf Widerstand. | Ein Großmeister klagte widerwillig: | „Früher spielte ich gegen Menschen, | heute gegen Zahlen!“

166 Wörter

seid und seit

Um die beiden Wörter **seid** und **seit** unterscheiden zu können, musst du immer darauf achten, um welche Wortart es sich handelt: **Seit** ist eine **temporale Präposition** oder **Konjunktion** (sei**t** wie Zei**t**), während **seid** die **2. Person Plural des Verbs „sein"** ist.

Ausreden über Ausreden |

„Ihr **seid seit** einem Jahr in der Volleyballmannschaft | und ihr wisst genau, wann wir anfangen", schimpfte der Trainer. | Nur die Hälfte der Spielerinnen und Spieler stand pünktlich am Volleyballnetz. | **Seitdem** er die Mannschaft trainierte, | wurden die Ausreden immer kreativer. | „Warum **seid** ihr heute zu spät gewesen?", fragte er gespannt. | Felix und Luisa gaben an, dass sie einer Frau helfen mussten, | die schon **seit** dem Morgen nach dem richtigen Bus Ausschau hielt. | Sabrina merkte an, dass sie noch das Fell ihres Hamsters kämmen musste, | und Ben verriet, dass er noch die Bettwäsche, | die **seit** gestern auf der Leine hing, abnehmen musste. | „Wenn ihr so beschäftigt gewesen **seid**, | dann kann ich ja von Glück reden, | dass ihr überhaupt aufgetaucht **seid**", entgegnete der Trainer. | Er klatschte in die Hände: „Los gehts*! | Ihr lauft euch ein und für jede Minute, | die ihr zu spät gekommen **seid**, gibt es eine Extrarunde! | So werden wir das in den nächsten Wochen handhaben." | **Seit** dieser Ankündigung hatte der Trainer nur noch selten mit Verspätungen zu kämpfen.

115 Wörter

* *auch:* geht's

7. KLASSE

Popband |

Seit die Popband „Die gesetzesgläubigen Halsabschneider“ | mit ihrem letzten Album wochenlang auf Platz eins der Hitparaden steht, | werden die Bandmitglieder als neue Helden der Musikszene gefeiert. | Unsere Zeitung führte ein Interview mit ihnen. |
„Wie fühlt ihr euch, seit ihr als Stars gefeiert werdet | und nun berühmt seid?“ | „Eigentlich hat sich noch nicht so viel geändert. | Aber diese große Popularität genießen wir ja erst seit Kurzem. | Ich hoffe dennoch, dass ich niemals den Satz hören muss: | Seit man euch feiert, seid ihr andere Menschen geworden.“ |

„Ihr denkt also, dass ihr auf dem Teppich geblieben seid, | seit ihr solchen Erfolg habt?“ | „Aber ja, ich denke, dass es erst problematisch wird, | wenn alle etwas von uns wollen und jeder sagt: | Ihr seid so oder so und müsst jetzt dies oder jenes tun.“ |
„Seid ihr eigentlich stolz auf eure Lieder?“ | „Nein, ich empfinde nur Stolz, | wenn ich jemanden auf der Straße eines unserer Lieder singen höre. | Seit ich denken kann, finde ich, | dass Musik eigentlich niemandem gehört. | Für mich sind unsere Lieder wie Kinder; | und wenn ich sie dann auf der Straße höre, denke ich: | Ihr seid jetzt erwachsen geworden.“

187 Wörter

5 Der s-Laut

5.1 s, ss oder ß?

Schreibung mit s

Nach einem Konsonanten steht immer nur ein einfaches **s** *(Hals, Erbse, Pinsel)*. Ein einfaches **s** steht auch am Wortanfang *(Sinn, sieben, Salz)*. Nach einem Vokal, Diphthong (Doppelvokal) oder Umlaut in der Wortmitte *(Hase, Gebläse, Reise)* kann ebenfalls ein einfaches **s** stehen. In all diesen Fällen wird der s-Laut gesummt gesprochen.

Mona träumt |

An einem heißen Sommertag ging Mona in den Park | und ließ sich auf der Wiese in das Gras fallen. | Dort lag sie und sah in die Wolken. | Sie träumte von einem eigenen Garten | und stellte sich vor, | was sie dort an einem sonnigen Tag wie heute so treiben | und wie dieser Garten aussehen würde. |

Riesengroß und voller Blumen wäre dieser Garten, | aber ohne Wege und Beete. | Ein Garten nur zum Herumsausen! | Und auch ein Bach würde durch den Garten fließen. |

Doch dann wurde Mona durch ein Kitzeln | aus ihrer Fantasie* gerissen. | Eine Ameisenstraße verlief nämlich quer über ihre Füße.

101 Wörter

* *auch:* Phantasie

5. KLASSE

Reisefieber |

Ganz verrückt kann man werden, rasend. | Wenn man etwas sucht, | ist es mit Sicherheit nicht zur Stelle. | Wo befindet sich mein Reiseföhn? | Da vergeht einem ja der ganze Spaß! |

Mutter und Vater sind ganz nervös. | Nach sieben Jahren soll es zum ersten Mal | wieder in den Urlaub gehen. | Nach Casablanca! | Wenn schon Afrika, | dann wäre ich noch weiter | in den Süden geflogen. | Den Urwald hätte ich gern mal gesehen. | Stattdessen darf ich mir in Marokko | wohl einen Turban kaufen. | Und das nur, weil meine Eltern | den Film so kultig finden. |

Jetzt suchen sie auch noch ihre Pässe. | Dabei fliegen wir erst in zehn Tagen. | Dieser Ärger lohnt sich nicht, | riesige Aufregung und immer um nichts. |

Dass jetzt auch noch | unser DVD-Player kaputtgegangen ist, | muss echt nicht sein. | Den Film meiner Freundin Suse | hätte ich mir wirklich gern angeschaut. | Schön gruselig soll der sein. | Naja, vielleicht kann ich ihn | ja bei ihr anschauen. |

„Felix!“ | Oje, die wollen etwas von mir. | „Wo ist ...?“ | Nein, nicht schon wieder!

166 Wörter

Schreibung mit ß

Ein **ß** wird immer scharf ausgesprochen und kann nur nach einem langen Vokal oder einem Diphthong stehen *(Soße, Maß, außen, weiß)*. Wird der vorausgehende Vokal kurz gesprochen, kann kein **ß** stehen.
Manchmal kann nach langen Vokalen oder nach Diphthongen am Wortende auch das einfache **s** stehen *(Pflaumenmus, Haus)*.

Leonie bummelt durch die Straßen |

Nachdem die Schule zu Ende war, | lief Leonie durch die Stadt. | Sie folgte zuerst den **Straßen**, | **ließ** sich dann zum **Spaß** einfach treiben. | **Schließlich** erreichte sie den Rand der **Großstadt**. | Hier war sie noch nie gewesen. | Es war sehr **heiß**, | deshalb ging sie einfach in einen Garten, | in dem gerade ein Rasensprenger lief. |

Plötzlich kam ein Hund auf sie zugerannt, | der sie **beißen** wollte. | Er schnappte nach ihrem **Fuß**, | erwischte allerdings nur ihre Hose | und versuchte, | diese zu **zerreißen**. | Zum Glück kam der Besitzer des Gartens herbeigelaufen. | Er stellte Leonie zur Rede: | „Was machst du denn | hier in meinem Garten? | Habt ihr denn keinen eigenen?“ | Leonie antwortete: | „Wenn wir einen Garten hätten, | würde ich dann durch die **Straßen** ziehen | und in fremde Gärten gehen?“ | Traurig und ohne **Abschiedsgruß** | rannte sie davon. |

Einige Tage später brachte sie | dem Besitzer des Gartens als Entschuldigung | ein Glas mit selbst gemachtem **Apfelmus** vorbei. | **Schließlich** ist es nicht in Ordnung, | einfach in fremde Gärten einzusteigen. | Dem **beißenden** Hund brachte sie | jedoch nichts mit.

173 Wörter

Fußball |

Mädchen spielen nicht **Fußball**, | sagen Linas Eltern. | Dabei hat der Sportverein Sangersheim | mehr Mädchen in der **Fußballsparte** als Jungs. | Die fahren lieber mit den Inlinern auf der **Straße**. |

Neulich hat Lina, | als den Jungs ein Ersatzspieler fehlte, | sogar ein Punktspiel als Linus mitgemacht. | Hannes erzählte, dass seine Mannschaft | wohl die Punkte des nächsten Spiels verlieren würde, | weil mindestens ein Spieler fehlte. | **Draußen** auf der **Straße** kam Lina die Idee, | als Junge dort mitzuspielen. | „Wehe, du **schmeißt** uns das Spiel!“, | meinte der verblüffte Hannes. |

Am Samstag stand sie aber mit auf dem Platz. | Der Spielführer der gegnerischen Mannschaft | wollte gerade genüsslich in einen Apfel **beißen**, | als er bemerkte, dass Sangersheim | doch vollständig angetreten war. | Nach dem **Anstoß** befand sich der Ball | gleich in der gegnerischen Hälfte | und zu allem Überfluss sprach der Schiedsrichter | den Sangersheimern einen **Freistoß** zu. | Linus im gegnerischen Strafraum | bekam ihn auf den **Fuß** | und drehte den Ball in das Tor. | Es blieb bei diesem einen Tor | und die Sangersheimer feierten **schließlich** ihren Sieg.

167 Wörter

Schreibung mit ss

Nach einem kurzen Vokal folgt fast immer **ss** *(essen, der Fluss)*.
Einige wenige Wörter werden im Singular mit einfachem **s** geschrieben, obwohl ihnen ein kurzer Vokal vorausgeht *(Bus, Kürbis, Iltis)*. Die Pluralformen folgen allerdings wieder der Regel *(Busse, Kürbisse, Iltisse)*.
Die Nachsilbe **-nis** wird im Plural (Mehrzahl) zu **-nisse.**

Eine Reise ins Schlaraffenland |

Stellt euch mal vor, | eure Klassenfahrt würde ins Schlaraffenland gehen. | Vor dem Schultor warteten bunte Busse, | jeder bekäme einen Reisepass aus Marzipan | und eine riesige Tüte aus Zuckerguss, | um all die Leckereien zu verstauen. | Im Schloss angekommen, | würdet ihr zunächst eure Zimmer beziehen. | An jeder Tür würden Namensschilder aus Esspapier |hängen. | Die Bettdecken würden nach euren Lieblingsblumen duften | und die Kissen wären weich wie Wattewolken. | Der Blick auf die Landschaft wäre unvergesslich. | Ein Fluss aus Schokolade, | ein Wasserfall aus Gummitieren | und ein See aus Popcorn | befänden sich in unmittelbarer Nähe. | Ausflüge gäben Einblicke | in den Herstellungsprozess von Erdnussbutter oder Eis. | Wissenschaftlerinnen und Wissenschaftler würden euch | gewissenhaft die Zutaten zeigen | und einige Geheimnisse verraten. | Eine Schulwoche im Schlaraffenland wäre wirklich ein Genuss.

123 Wörter

Wenn Kinder das Sagen hätten ... |

Was sich alles ändern würde, | wenn Kinder den Lauf der Dinge bestimmen könnten, | zeigen die Ergebnisse | einer Umfrage unter Fünftklässlern. | Alles wäre natürlich besser, | wenn man nur endlich die Kinder | an die Macht lassen würde! |

Die Flüsse und Meere, | überhaupt die ganze Natur | soll dann sauber sein. | Alle Menschen sollen etwas zu essen bekommen. | Doch nicht jeder käme in den Genuss von Vorteilen. | Einige Politiker sind nach Ansicht der Kinder überflüssig. | Und auch den Lehrern ginge es an den Kragen, | zumindest denen, | die zu viele Hausaufgaben stellen. | Denn Wissen allein | zählt bei Kindern nicht. | Und sie hassen stumpfsinnige Paukerei. |

Allerdings gibt es auch Kinder, | denen es gar nicht passt, | die Welt zu regieren. | So meint Simon, | dass er dann jedes Land regieren müsste. | Und das wäre ihm einfach zu viel Stress.

136 Wörter

Schreibung mit s, ss oder ß

Diese Regeln findest du auf den Seiten 100 bis 104: Nach kurzem Vokal folgt fast immer **ss**. Nach langem Vokal und Diphthong steht **s** oder **ß**. Nach Konsonanten und am Wortanfang steht immer nur **s**.

Ausreißer gefasst |

Einen außergewöhnlichen Anruf | erhielt gestern die Essener Feuerwehr. | Offensichtlich war ein Wiesel | aus dem Freizeitpark entwischt | und trieb nun in der Innenstadt sein Unwesen. | Da das gefräßige Tier mit dem passenden Namen „Beißer" | seit Längerem* nichts mehr gefressen hatte, | biss es in alles, was ihm vor die Schnauze kam. | Dabei verschluckte es auch einen Geldschein, | der einer Frau aus der Geldbörse gerutscht war, | als diese an einem Kassenautomaten bezahlte. | Geistesgegenwärtig packte die Frau | das Tier am Schwanz. | Jetzt hatte der Spaß für das Wiesel ein Ende. | Mithilfe* eines Passanten gelang es, | das possierliche Tierchen in ein Auto zu sperren. | Die Feuerwehr befreite das süße Wiesel | aus seinem Gefängnis | und übergab es dem Parkbesitzer. | Dieser ersetzte der Frau nicht nur das verschluckte Geld, | sondern versprach ihr ein Jahr lang | kostenlosen Eintritt in den Freizeitpark.

135 Wörter

* *auch:* seit längerem · mit Hilfe

6. KLASSE

Die vier Landstreicher – ein Kartentrick |

Lege dir bereits vor der Vorstellung | ein Kartenspiel zurecht. | Du musst wissen, | dass obenauf die vier Buben | mit dem Rücken nach oben liegen. | Stets müssen darauf dann noch | drei beliebige andere Karten liegen. | Nun nimmst du die sieben obersten Karten in die Hand, | fächerst die vier Buben auseinander | und zeigst sie vor. | Die drei anderen Karten | bleiben dahinter verborgen. | Nun heißt du die Besucher willkommen und beginnst: | „Das hier sind vier Landstreicher, | die abends in diesem Haus rasten wollen." | Hierauf schließt du den Kartenfächer | und legst ihn verdeckt obenauf. | Zuoberst liegen jetzt die drei Karten, | die hinter dem Fächer versteckt waren; | anschließend folgen die vier Buben. |

Jetzt erklärst du mit großem Genuss | die Einzelheiten des Einbruchs: | „Der erste Landstreicher steigt durch das Kellerfenster ein." | (Fasse die oberste Karte | und stoße sie unten in den Stapel!) | „Der zweite schließt mit einem Schlüssel das Haustürschloss auf." | (Schiebe die oben liegende Karte in den Stapel – | aber bloß nicht zwischen die restlichen Buben!) | „Der dritte geht leise und lautlos über den Rasen, | um eilends in den Speisesaal zu gelangen." | (Stecke die oben liegende Karte | wieder in die Stapelmitte.) | „Jetzt steigt der vierte aufs Hausdach, | um Schmiere zu stehen." | (Drehe die oberste Karte um | und lasse sie das Publikum sehen. | Es ist der erste der vier Buben. | Lege ihn auf den Stapel zurück!) | „Da braust die Polizei heran. | Schleunigst rasen die Landstreicher auf das Hausdach". | (Du nimmst die vier obersten Karten nacheinander ab und zeigst sie. | Es sind tatsächlich die vier Landstreicher.)

252 Wörter

Schultheater |

Letzte Woche wollten wir in unserer Klasse | ein interessantes Theaterstück proben, | um es dann beim Schulfest | der versammelten Elternschaft vorzuspielen. | Das Stück hieß „Frankenstein operiert wieder" | und kam uns beim gemeinsamen Lesen sehr lustig vor. | Bei den Vorbereitungen | stießen wir aber auf eine Schwierigkeit: | Wir wussten nicht, | woher wir „echtes" Blut nehmen sollten. |

Anfangs experimentierten wir mit Ketchup, | merkten aber bald, dass er zu dickflüssig war | und eher wie Erdbeermus aussah. | Auch die Tomatenpaste aus Mutters Kühlschrank | löste bei uns keine Begeisterungsstürme aus | und so fassten wir den Entschluss, | unsere Klassenkasse zu plündern | und uns in einem Fachgeschäft | Theaterblut zu besorgen. | Das Fläschchen kostete nicht allzu viel | und so konnten wir uns von dem restlichen Geld | noch eine grässliche Frankensteinmaske aus Plastik kaufen. |

Bevor wir nun die erste Szene proben konnten, | wollten wir vorher noch unser „echtes" Blut testen. | Lea setzte sich in einen Sessel, | öffnete die Knöpfe am Ärmel ihrer Bluse | und ließ sich ein bisschen von der roten Soße | auf den Unterarm gießen. | Das „Blut" lief ihr am Arm herunter | und hinterließ auf dem weißen Stoff | einen schönen, wie echt aussehenden „Blutflecken". |

Wir waren alle begeistert von diesem Effekt | und Max gab Lea | als kleine Entschädigung für ihre schmutzige Bluse | einen schmatzenden Kuss auf die Backe.

208 Wörter

Schreibung mit ss oder ß

Die Regeln zu **ss** und **ß** kannst du auf den Seiten 100, 102 und 104 nachlesen. Hier kannst du die Schreibung der beiden Schreibweisen üben.

Herakles |

Zu den **größten** Helden der griechischen Mythologie | zählt Herakles, | **dessen** lateinischer Name Herkules lautet. | Schon als er in der Wiege lag, | sorgte er für grenzenloses Staunen, | als er zwei Schlangen erwürgte, | die ihn mit ihren **Bissen** töten wollten. | Noch gewaltiger wurde sein Ruhm | durch die zwölf Aufgaben, | die er lösen **musste,** | um in den Olymp, | die Wohnstatt der Götter, zu gelangen. |

Als Erstes wurde ihm die Aufgabe gestellt, | den Nemeischen Löwen zu töten. | Dem Fell dieses Tieres | konnte weder durch **Bogenschüsse** | noch durch Schwerthiebe Schaden zugefügt werden. | Trotzdem **schoss** Herakles alle seine Pfeile | auf die Bestie ab, | allerdings erfolglos. | Als auch sein Schwert versagte, | erwürgte er das Untier **schließlich** mit **bloßen** Händen. | Die zweite Prüfung verlangte von Herakles | die Ermordung der Hydra, | eines **hässlichen** Ungeheuers von hundeähnlicher Gestalt | und mit acht oder neun Schlangenköpfen. | **Außerdem** **wusste** man, | **dass** ihr Atem für Menschen tödlich war. |

Herakles näherte sich der Hydra | mit **geschlossenem** Mund. | Ohne **gebissen** zu werden, | gelang es ihm, | dem Untier einige Köpfe abzuschlagen. | Für jeden Kopf, den er abhackte, | wuchsen sofort zwei neue. | Erst als Herakles die Wurzeln | der abgeschlagenen Köpfe mit Feuer versengte, | gelang es ihm, | das Nachwachsen zu beenden | und die Hydra zu töten.

198 Wörter

Rassismus hält sich hartnäckig |

Der Begriff „Rasse“ bedeutete ursprünglich | „Geschlecht, Familie, Stamm“. | Im 18. Jahrhundert hieß man | die Untergruppen einer Tierart Rassen. | Im 19. Jahrhundert bewies der Naturwissenschaftler Charles Darwin, | dass die Evolution der verschiedenen Tierarten | auf dem Prinzip der natürlichen Auslese fußt. | Dieser Prozess führe dazu, | dass sich immer die Cleversten, Stärksten | und somit Überlebenstüchtigsten durchsetzen. |

Die oft missbrauchte Vorstellung, | dass es unter den Menschen überlegene und unterlegene „Rassen“ gibt, | ist schon älter. | Bereits während der Kolonialisierung der Welt | durch die europäischen Staaten seit dem 16. Jahrhundert | wurden die Eingeborenen der begehrten Länder | fälschlicherweise als minderwertige Wesen betrachtet. | Die sogenannte* weiße Rasse galt damals als naturgemäß überlegen. |

Seit dem 19. Jahrhundert wurde versucht, | unter- und überlegene Rassen | zum Beispiel durch das Messen des Kopfumfangs | wissenschaftlich zu definieren. | Alle diese Versuche scheiterten schließlich. | Ziel der Rassisten war es, die eigene, | vermeintlich überlegene Rasse aus der „Natur“ herzuleiten. |

Dass Rassismus bis heute leider immer noch eine Rolle spielt, | liegt daran, dass gesellschaftliche Außenseiter als Sündenböcke benutzt werden. | Unter dieser Rolle müssen häufig Ausländer, | Asylbewerber sowie ethnische und religiöse Minderheiten maßlos leiden.

180 Wörter

* *auch:* so genannte

5.2 das oder dass?

das

Das Wörtchen **das** mit einem **s** kann drei Aufgaben haben:
Es ist ein **Artikel** *(das Fahrrad).*
Es ist ein **Demonstrativpronomen.** *(Das gefällt mir gut.)*
Es ist ein **Relativpronomen.** *(Das Fahrrad, das auf dem Hof steht, ...)*

Was ist ein Unugunu? |

Das Unugunu ist ein Monster, | das von einem fernen Planeten | auf die Erde gekommen ist | und sich bei Eddi und seinen Eltern einquartiert hat, | ohne diese um Erlaubnis zu fragen. | Das zeugt nicht gerade von guter Kinderstube! | Das Ungetüm sieht aus | wie ein großer, aufgeblasener Luftballon | mit Armen und Beinen. | Es sitzt den ganzen Tag | im bequemsten Sessel der Wohnung | und macht sich vor allem | durch fortwährendes Essen bemerkbar. | Das Unugunu kommandiert die gesamte Familie herum | und beschimpft sie dabei auch noch. | So kann es nicht weitergehen, | das kannst du dir denken. | Das Dumme ist nur, | dass das Unugunu ständig gelbe Wolken ausstößt, | wenn es Widerstand spürt. |

Eddi ist im Laufe der Zeit | vom Verhalten des Ungetüms, | das ihn immer öfter an den Angeber | und Klassenanführer Jürgen erinnert, | ziemlich genervt. | Er schmiedet mit seinem Freund Martin einen Plan, | um gegen das aufgeblasene Monster vorzugehen. | Ob es den beiden gelingt, | das Unugunu aus dem Haus zu treiben, | das kannst du in dem spannenden und lustigen Buch | mit dem Titel „Wenn ein Unugunu kommt" nachlesen, | das die bekannte Kinderbuchautorin | Irina Korschunow | geschrieben hat.

185 Wörter

dass

Das Wörtchen **dass mit ss** ist eine **Konjunktion,** also ein Bindewort, das zwei Sätze miteinander verbindet. *(Es gefällt mir so gut, dass ich es ausleihen möchte.)* Merke dir: Vor **dass** muss man immer ein Komma setzen! Manchmal steht das Komma auch am Ende des Nebensatzes, wenn dieser dem Hauptsatz vorausgeht. *(Dass sich der Affe immer wieder am Ohr zupfte, das war lustig.)*

Das Spiel |

Eigentlich hatte Samira sich darauf gefreut, | dass ihr großer Bruder | mit ihr Tennis spielen wollte. | Sie hatte darauf gehofft, | dass er ihr die Bälle so zuspielen würde, | dass sie ihre Rückhand verbessern könnte. | Aber jetzt will er ein richtiges Spiel, | mit Sieger und Verlierer. |

Sie denkt, dass sie viel lieber mit ihm Tennis spielen will, | nicht gegen ihn. | Sie beschließt, dass ihr das Spiel so keinen Spaß macht, | dass sie dann lieber nach Hause gehen will. |

„Gut, dass du schon kommst“, sagt ihr Bruder. | „Dann können wir ja gleich anfangen!“ | Da bemerkt er, dass sie gar nicht umgezogen ist, | dass sie ihre Tasche in der Hand hat | und keinen Schläger. | „Dass ich ein richtiges Spiel mit dir machen soll, | gefällt mir nicht“, sagt Samira. | Da merkt er, | dass es ihr ernst ist. | Er fasst sich ein Herz und sagt: | „Wenn es dir nicht gefällt, | dass es Gewinner und Verlierer geben soll, | dann spielen wir eben einfach so.“ | Samira ist sehr froh, | dass ihr Bruder auch so mit ihr spielen will.

172 Wörter

das und dass

Wann man **das** oder **dass** schreibt, kannst du auf den Seiten 111 und 112 nachlesen. Außerdem kannst du dir Folgendes merken: **Das mit s** schreibt man immer, wenn man *ein, welches, dieses* oder *jenes* einsetzen kann. **Dass mit ss** schreibt man immer, wenn man kein anderes Wort einsetzen kann.

Murmel, das Murmeltier |

Die ersten Sonnenstrahlen waren für Murmel, | das dreijährige Murmeltier, das Zeichen, | seinen Winterschlaf zu beenden. | „Jetzt reicht es, mein Sohn“, | sagte sein Vater, „du bist alt genug, | dass du eine eigene Familie gründen kannst.“ |

„Aber Papi, das kann doch nicht dein Ernst sein. | Ich bin noch zu jung, | um allein leben zu können.“ | Murmel war entsetzt. | „Wer zu jung ist, das bestimme ich. | Und jetzt ist Schluss.“ | Papa Murmel war nicht mehr zu überreden. | Murmel machte sich davon. | „Wetten, dass ich im nächsten Winter | doch wieder in seiner Höhle schlafe?“ | Murmel war sich ziemlich sicher. |

Ein paar Tage blieb Murmel verschwunden. | Als er wieder auftauchte, | traute Papa Murmel seinen Augen kaum. | „Aber das ist doch Murmel. | Er hat sich so schwer verletzt, | dass er humpelt. | Murmel, mein Kleiner, was ist los?“ | „Ich habe es dir doch gesagt, Papa, | dass ich zu klein bin, | um allein in der Wildnis zu leben.“

153 Wörter

Das Mädchen, das bei den Wölfen lebte |

Ein sehr beeindruckendes Buch, | das von einem Mädchen handelt, | das mit einem Wolfsrudel zusammenlebt, | heißt „Julie von den Wölfen". | Das Inuitmädchen Julie flieht davor, | dass sie mit dem zurückgebliebenen Nachbarsjungen | verheiratet werden soll. | Damit beginnt das Abenteuer, | das sie in die Tundra | und zu einem Wolfsrudel führt. | Hier gelingt ihr das Kunststück, | dass sie das Verhalten der Wölfe erlernt. | Das macht es ihr möglich, | mit ihnen zusammenzuleben und zu überleben. | Sie lernt das Jagen nach Wolfsart | und das richtige Verhalten innerhalb des Rudels, | das vom jeweiligen Rang abhängig ist. |

Das Ende der Geschichte ist nicht so schön. | Julie erreicht zwar das Dorf, | in dem ihr Vater lebt, | aber sie muss erleben, dass das Wolfsrudel, | das sie so lange beschützt hat, | von Pelzjägern beschossen wird.

131 Wörter

dass

Manche Nebensätze (Konjunktionalsätze) werden mit **dass** eingeleitet. Die Konjunktion **dass** wird mit Doppel-s geschrieben (↑ S. 112).

Geschnappt |

Georg Gründlich überprüfte erneut seine Notizen. | Er war sich sicher, | dass irgendetwas nicht stimmte. | Hatte er nicht notiert, | dass der Greis zu Fuß | Richtung Bahnhof gegangen war? | Konnte es sein, | dass er sich geirrt hatte? | Es war doch noch nie passiert, | dass er einen Fehler gemacht hatte. | Sicher war doch, | dass nach 18 Uhr | kein Zug mehr in diesem Kaff hielt. | Nicht umsonst sagten die Leute, | dass sich hier Fuchs und Hase Gute Nacht sagen*. |

Dass jemand aber ohne Grund zum Bahnhof ging, | war unwahrscheinlich. | Schließlich hatte die Bahnhofskneipe | schon vor Jahren schließen müssen. | Und jeder wusste, | dass auch der Kiosk dichtmachte, | sobald der letzte Zug durchgerauscht war. | Jetzt war sich Georg Gründlich ziemlich sicher, | dass er die Lösung des Rätsels | am Bahnhof finden würde. |

Er begab sich so schnell dorthin, | dass sein Assistent ihm kaum folgen konnte. | Dass er am Bahnhof aber gleich Gelegenheit hatte, | neben dem verdächtigen Greis | auch noch zwei alte Bekannte zu verhaften, | hatte selbst Georg Gründlich nicht erwartet.

164 Wörter

*auch: gute Nacht sagen

das und dass

Das mit s kann drei Aufgaben haben. Du kannst sie auf Seite 111 nachlesen. **Dass mit ss** ist eine Konjunktion.

Das Computerzeitalter |

Dass der Computer mal | zu fast jedem Haushalt gehören würde, | das hat man sich | noch vor einigen Jahrzehnten nicht träumen lassen. | Das Ungetüm, das die amerikanische Marine | in den Vierzigerjahren des 20. Jahrhunderts Computer nannte, | nahm noch den Raum | von zwei großen Zimmern ein. | Erst durch den Einsatz von Mikrochips | konnte das Volumen der Computer verringert werden. |

Dadurch, dass immer mehr Computer | gebaut und gekauft werden, | konnte das Preis-Leistungs-Verhältnis | deutlich verbessert werden. | Kaum zu glauben, | dass Computer zu einer Zeit, | in der sonst alle Preise steigen, | immer billiger werden, | aber das verdanken wir | dem immer härter werdenden Konkurrenzkampf. |

Dieser Kampf zwischen den Computerherstellern führt dazu, | dass sich immer mehr Menschen | einen Computer leisten können. | Dass es Menschen gibt, | die keinen Computer besitzen, | das ist heutzutage die Ausnahme. |

Jetzt fehlt nur noch, | dass die Computer echte Intelligenz entwickeln. | Denn es ist zwar unumstritten, | dass uns die Rechner in Schnelligkeit | und Speicherkapazität weit überlegen sind. | Das menschliche Hirn ist ihnen | aber noch immer darin überlegen, | dass es kluge Fragen stellen kann, | während der Computer „nur“ Antworten gibt.

177 Wörter

das und dass

Die Schreibung von **das** oder **dass** hängt von der grammatischen Bedeutung dieser Wörter ab (↑ S. 111–116).
Das schreibt man, wenn es sich um einen bestimmten Artikel oder ein Pronomen handelt. Das kannst du dir auch so merken: **Das** schreibt man, wenn man *dieses, jenes* oder *welches* einsetzen kann.
Dass schreibt man, wenn es sich um eine Konjunktion handelt.

Das Leben – ein Traum? |

Dass das menschliche Innenleben | eine komplizierte Angelegenheit ist, | wusste man zwar schon lange, | doch erst der österreichische Arzt Sigmund Freud | systematisierte das Ganze. | Seine Lehre der Psychoanalyse | sorgte dafür, | dass er berühmt-berüchtigt wurde. |

Freud teilte die menschliche Psyche in drei Teile. | Das nach dem Lustprinzip arbeitende | Reich unserer Triebe | nannte er das Es. | Das Ich ist der an die Realität | gebundene Teil der Psyche. | Schließlich ist das Über-Ich dafür verantwortlich, | dass das Ich nicht nur das tut, | wozu das Es Lust hat. | Das Über-Ich ist die moralische Instanz | und also das Element der Psyche, | das dem Ich ein schlechtes Gewissen bereitet. |

Dem Ich wird das Leben noch dadurch erschwert, | dass ihm nur ein Teil bewusst ist. | Freud erforschte das, | was unter der Oberfläche des Bewusstseins brodelt. | Ganz schwer zugänglich fand er das Unbewusste, | das wir zu verdrängen versuchen, | weil es uns unangenehm ist. | Deshalb erforschte er auch die Träume seiner Patienten, | denn in ihnen sucht das Unbewusste | den Weg zum Bewusstsein.

165 Wörter

das, dass, ß und ss

Mit diesem Diktat kannst du üben, ob man **das** oder **dass** schreibt (↑ S. 111–117) und ob der s-Laut als **ss** oder **ß** (↑ S. 100 ff.) geschrieben wird.

Sicher bremsen |

Seit es Inlineskates gibt, | wird diese Freizeitbeschäftigung von immer mehr Menschen entdeckt. | Doch hattet ihr nicht auch schon einmal das Problem, | dass ihr am Ende eines Gefälles wieder zum Stehen kommen wolltet, | und habt um Leib und Leben gefürchtet? | Nach so einem Erlebnis stört es nicht mehr, | dass man mit den grässlichen Arm- und Beinschonern | wie eine aus dem Zoo entlaufene Panzerechse aussieht. |

Das Bremsen ist also äußerst wichtig. | Will man das teuflisch hohe Tempo, | das man zeitweise erreicht, drosseln, | so muss man den Schuh, an dem sich der Stopper befindet, | nach vorne und die Fuß-spitze nach oben ziehen. | Geht man in die Knie, erhöht das den Bremsdruck zusätzlich. |

Manche haben es allerdings gar nicht so eilig, | das Bremsen zu lernen. | Denn ist es nicht auch verlockend, | einem gut aussehenden* Jungen oder Mädchen hilflos entgegenzufliegen | und endlich in seinen beziehungsweise ihren rettenden Armen zu landen?

148 Wörter

* *auch:* gutaussehenden

8. KLASSE

Alte Handschriften |

Viele Universitätsbibliotheken besitzen eine Handschriftenabteilung. | Dort lagert eine große Sammlung von handgeschriebenen Texten aus verschiedenen Jahrhunderten. | Besonders eindrucksvoll sind mittelalterliche Schriften, | denn sie geben Aufschluss über frühere Sprachstufen des Deutschen. | Meist werden besonders kostbare Werke in klimatisierten Räumen aufbewahrt, | um den Verschleiß des Papiers so gering wie möglich zu halten. | Das bedeutet jedoch nicht, | dass die Handschriften nur hinter Glasscheiben liegen. | Dennoch ist äußerste Vorsicht geboten. | Beispielsweise darf das Schriftstück, das analysiert oder restauriert werden soll, | oftmals nur mit weißen Handschuhen angefasst werden, | um Beschädigungen gar nicht erst zu riskieren. |

Für Germanisten wäre der uneingeschränkte Zugang zu einer solchen Handschriftenabteilung ein wahres Paradies. | Deshalb überlegte man ausgiebig, welche Maßnahmen ergriffen werden können, | um die Werke allen Interessierten zur Verfügung zu stellen, | ohne deren Qualität zu beeinträchtigen. | Die Lösung bestand darin, dass die Handschriften nach und nach digitalisiert wurden. | Dieser Prozess ist allerdings längst noch nicht abgeschlossen, | schließlich gibt es zahlreiche Werke, die es verdienen, | dass sie der Öffentlichkeit zugänglich gemacht werden. | Manche Bibliotheken ermöglichen es sogar, | dass sich Schulklassen im Rahmen von Exkursionen ausgewählte Handschriften anschauen | und Details zur Überlieferungsgeschichte erfahren.

183 Wörter

das und dass

Lies die Regeln auf den Seiten 111 bis 113, dann kannst du die folgenden beiden Diktate üben.

„Der Fliegende Holländer“ |

Dass die Oper unter Jugendlichen | nicht allzu viele Fans hat, | das ist zwar eine Tatsache, | aber doch nicht so recht verständlich. | Wenn man sich nämlich die Inhaltsangabe vieler Werke ansieht, | erkennt man, dass sie nur oberflächlich betrachtet | von Königen, Helden, Fabelwesen oder Sagengestalten handeln | und dass sie bei genauerem Hinsehen oft so allgemeingültig* sind, | dass man sie ohne Weiteres* in die heutige Zeit übertragen kann, | dass sie also sehr modern sind. | Das Musikdrama „Der Fliegende Holländer“ | von Richard Wagner ist solch ein Werk. |

Eine Inhaltsangabe könnte damit beginnen, | dass die Hauptfigur ein holländischer Seefahrer ist, | den vor langer Zeit sein Schicksal ereilt hat. | Damals war er mit seinem Schiff, das ein rotes Segel hatte, | auf hoher See und näherte sich gerade einem Kap, | als das Wetter umschlug und er in einen heftigen Sturm geriet. |

Der furchtlose Kapitän schwor aber bei allen Teufeln, | dass er das Kap umschiffen wolle, | und sollte er auch bis zum Jüngsten Tag segeln müssen. | Der Teufel nahm ihn beim Wort und verdammte ihn dazu, | dass er und seine Mannschaft bis zum Jüngsten Gericht | mit ihrem gespenstisch aussehenden Schiff umherirren müssten, | es sei denn, dass der Holländer ein Weib fände, | das ihn durch seine Treue erlösen würde. | Dazu dürfe er alle sieben Jahre an Land gehen und heiraten. | Trotz vieler Versuche | hat er das treue Eheweib bisher aber noch nicht gefunden.

226 Wörter

* *auch:* allgemein gültig · ohne weiteres

Was für ein Piratenleben! |

Das Leben eines Piraten stellen wir uns abenteuerlich | und wild, frei und ungebunden vor. | Und wir denken, dass ein Pirat | immer ein Feind von Gesetz und Ordnung ist. | Doch die Geschichte der Seeräuberei zeigt, | dass Schiffe auch im Auftrag einer Regierung gekapert wurden. |

Krieg führende* Staaten stellten sogenannte* Kaperbriefe aus, | die private bewaffnete Schiffe ermächtigten, | feindliche Handelsschiffe zu entern. | Kaperschiffe waren ein rechtmäßiges Kriegsmittel. | Manche Leute meinen, | dass das das Ende von Recht und Gesetz auf hoher See bedeutete. |

Spanien, das lange Zeit die mächtigste Flotte hatte, | wurde von den anderen europäischen Seemächten bekämpft, | indem sie Seefahrer durch Kaperbriefe zu legalen Freibeutern machten. | Dass das Leben als Seeräuber, das nicht selten am Galgen endete, | sogar einen Adelstitel einbringen konnte, | erfuhr der berühmte walisische Freibeuter Henry Morgan. | Seine Raubzüge waren so erfolgreich, | dass er als größter Schrecken der Spanier galt. | 1674 wurde er daraufhin vom englischen König geadelt. |

Die Karriere eines Piraten begann nicht selten auf einem Schiff, | das von Seeräubern gekapert wurde. | Der Besatzung eines überfallenen Schiffes blieb oft nur die Wahl | zwischen Mitmachen oder dem Gang über die Planke. | Die Zustände auf Handels- und vor allem Kriegsschiffen waren häufig so schlecht, | dass die Seeleute das neue Piratendasein schließlich sogar bevorzugten.

205 Wörter

*auch: Kriegführende (im Satz: kriegführende) · so genannte

6 Fremdwörter

6.1 Einzelphänomene

Langes i

Das lange **i** wird normalerweise als **ie** oder **ieh** geschrieben. Bei Fremdwörtern wird das lang gesprochene **i** aber oft als einfaches **i** geschrieben.

Krokodile sind an der Leine zu führen! |

Ein Blick in die Gesetze | ist immer wieder spannend, | denn darin werden **Richtlinien** | unseres Lebens festgelegt. | Die **Justiz** hat in den vielen Jahrhunderten ihrer Arbeit | eine Reihe von **Stilblüten** hervorgebracht, | die hier besehen werden sollen. |

So soll der Richter einem **Tiger** gleichen, | der griesgrämig auf seinem Richterstuhl sitzt. | Das Tier im Gesetzbuch | hat eine alte **Tradition**. | So findet sich noch heute | ein Abschnitt über „herrenlose Bienen“ im Gesetzbuch. | Dort heißt es: „Zieht ein Bienenschwarm aus, | so wird er herrenlos, | wenn nicht der Eigentümer ihn verfolgt | oder wenn der Eigentümer die Verfolgung aufgibt.“ |

Überhaupt kann man feststellen: | Tiere sind keine **Maschinen**! | Und so ist es in einem Staat der USA verboten, | Fische betrunken zu machen. | In einem anderen Staat müssen Elefanten, | die **privat** gehalten werden, | an der Leine geführt werden. | Das soll nun in Deutschland auch für **Krokodile** gelten, | nachdem ein solches Tier | in einem Baggersee herrenlos geworden war.

155 Wörter

Angleichung der Schreibweise

Viele häufig gebrauchte Fremdwörter wurden der deutschen Schreibweise angeglichen (z. B. *Büro* von franz. *bureau*). Oft sind dann zwei Schreibweisen richtig *(Cousine/Kusine, Joghurt/Jogurt, Geografie/Geographie)*.

Alarm im Delfinarium* |

Durch den Ausfall der Wasseraustauschanlage | konnte seit Tagen kein frisches Wasser in das Delfinbecken* gelassen werden, | und die Tiere wurden zusehends schwächer. | Der herbeigerufene Tierarzt diagnostizierte eine Viruserkrankung, | gegen die es kein Medikament gibt. | Man kann nur die allgemeine Abwehr stärken, | indem man den Delfinen* verstärkt Vitamine zuführt. | Jetzt hatten die Pfleger ein Problem, | denn Mandarinen und Apfelsinen fressen die Kleinwale nicht ohne Weiteres*. | Für die ersten Tage konnte der Tierarzt Vitaminspritzen verabreichen. |

Als einer der Pfleger in der alten Remise | nach einem Ersatzteil suchte, | fand er eine mobile Zusatzpumpe. | Mit dieser Maschine konnte zumindest | ein minimaler Wasseraustausch gewährleistet werden. | Kaum spürten die Tiere das frische Meerwasser, | wurden sie auch schon lebhafter. | Inzwischen hatten die Bürger von Little Hamburg | von der Bedrohung der Delfine* und der defekten Turbinenanlage erfahren | und veranstalteten einen Basar*, | um dem Delfinarium* zu helfen. | Es wurde unter anderem Anchovispizza verkauft. |

Nach zwei Monaten hatten die Delfine* die Viruserkrankungüberwunden | und die Bürger hatten so viel Geld gespendet, | dass neue Turbinen gekauft werden konnten.

170 Wörter

* *auch:* Delphinarium · Delphinbecken · Delphinen · ohne weiteres · Delphine · Bazar · Delphinarium · Delphine

Typische Endungen

Typische Endungen von Fremdwörtern sind **-ive, -ition, -eur, -ieren, -age** und **-tion.** Viele Fremdwörter erscheinen sowohl in Verbform als auch in Form eines Substantivs oder mehrerer Substantive. Dabei kann sich eine Bedeutungsverschiebung ergeben *(montieren – Montage, Monteur; motivieren – Motiv, Motivation; redigieren – Redaktion, Redakteur).*

Redaktionskonferenz |

In Wismar trifft die **Redaktion** des Stadtanzeigers zusammen, | um wie immer in gemeinsamer Konferenz | die Zeitung des nächsten Tages zu planen. | Heute ist die **Motivation** im Keller, | weil die letzten Absatzzahlen katastrophale Ergebnisse zeigten | und ein großer schleswig-holsteinischer Verlag die Zeitung übernehmen möchte. | Der **Chefredakteur** versucht, seine Leute zu **motivieren**, | indem er ihnen mitteilt, | es sei noch nichts entschieden. |

Er lenkt die Aufmerksamkeit der **Redakteure** | also auf die Themen der Zeitung von morgen, | die zusammengestellt werden müssen. | Die Ausgabe soll auch früher als sonst **redigiert** werden, | da noch eine Betriebsversammlung stattfinden soll. |

Ein Problem gibt es allerdings noch: | Die **Monteure** an den Druckmaschinen | sind am Morgen in Streik getreten. | Sie hatten von der Übernahme der Zeitung | durch den schleswig-holsteinischen Verlag gehört | und hatten sofort **reagiert**. | Sie wollten zwar ihren Arbeitsplatz nicht **riskieren**, | wollten aber die Öffentlichkeit auf die Übernahme aufmerksam machen. | Ein eigens dafür **abkommandierter Redakteur** kümmert sich darum, | die **Monteure** schnell wieder an ihren Arbeitsplatz zurückzubringen.

158 Wörter

Extraausgabe |

Die Planung der Zeitung von morgen wird diskutiert. | Der Chefredakteur fragt, | was es an Themen gebe. | Es kommen verschiedene Vorschläge aus der Redaktion: | die Stilllegung der Museumsbahn mit Dampflokomotive – | die Molli genannte Eisenbahn, die mitten durch die Stadt führt, | ist außerordentlich beliebt, aber unwirtschaftlich; | die Arbeit der Ingenieure, | die für die Schiffbarkeit des Hafens verantwortlich sind; | ein Bericht über den Monteur, | der bei Bauarbeiten aus Versehen | den Munitionsschrank der Baufirma in die Luft jagte, | ohne dass jemand verletzt wurde. | Die Deklaration von Lebensmitteln – | für den Verbraucher zum Teil völlig undurchschaubar – | soll in der Wochenendbeilage erläutert werden. |

Da stürzt der Herausgeber der Zeitung in den Raum und teilt mit, | dass der schleswig-holsteinische Verlag von Springer kassiert worden ist, | was dem Stadtanzeiger zunächst weiter die Selbstständigkeit und Eigeninitiative ermöglicht, | zumal eine große Brauerei die Zeitung finanziell unterstützen will. | Sofort sind die Redakteure, Reporter und Fotografen wieder motiviert | und hantieren, agieren, laufen, | als seien alle Probleme aus der Welt geschafft.

158 Wörter

k statt ck

Nach kurzem Vokal wird häufig **ck** statt **k** geschrieben (↑ S. 73). Bei einigen Fremdwörtern schreibt man aber **k** statt **ck** *(Konfekt, Effekt, korrekt)*.

Abstrakte Kunst |

Leonie begleitet ihre Eltern gern zu Ausstellungen. | Besonders spannend findet sie die Eröffnung | von Ausstellungen und neue **Kunstprojekte**. | Meist kann man sich nicht nur die Bilder anschauen, | sondern auch mit den Künstlern ins Gespräch kommen. | Sie erklären die Gedanken zu den **abstrakten** Gemälden | und zeigen so ihren ganz persönlichen **Charakter**. | Leonie traut sich schon seit einiger Zeit, | Künstler **direkt** anzusprechen | und sich nach ihrer **Zeichentechnik** zu erkundigen. | Am besten gefallen ihr Bilder, | die mit **Lichteffekten** spielen. |

Oft nehmen sich Leonies Eltern einen **Prospekt** mit, | um sich die Bilder im Internet noch einmal anschauen | und **Kontakt** mit den Künstlern aufnehmen zu können. | **Aktuell** arbeiten Leonies Eltern | als **Innenarchitekten** für Hotels. | Deshalb sind sie immer auf der Suche nach **Produkten**, | die **perfekt** zur Einrichtung passen. | Manchmal fragen sie auch Leonie um Rat, | denn mittlerweile ist sie auch eine echte Kunstexpertin.

140 Wörter

Lehrer! |

Der erste große Konflikt zwischen Doktor Hasenfratz und dem Direktor | fand während der Projektwoche statt. | Hasenfratz wollte uns zum Abschluss zeigen, | wie man eine elektrisch betriebene Rakete baut. | Dies fand der Direktor absolut unkorrekt | und drohte dem Lehrer Disziplinarmaßnahmen an. | Das Produkt dieses Versuchs flog ohnehin nicht, | weil die Elektrospule defekt war. | Zum Trost spendierten wir Schüler unserem Lehrer eine Schachtel Konfekt, | denn durch den entstandenen Ärger kam der Rektor nicht dazu, | sich mit komplizierten Diktaten zu beschäftigen. |

Der nächste Ärger stand bei unserer Klassenfahrt an. | Doktor Hasenfratz wollte als begeisterter Höhlenkundler | mit uns die Laichinger Tiefenhöhle erkunden. | Stalaktiten und Stalagmiten statt Disco* und Hamburgerbuden! |

Der Direktor fand dies unverantwortlich, | weil Hasenfratz praktisch nicht für die Sicherheit der Schüler garantieren konnte. | Der Lehrer redete mit Engelszungen auf seinen Chef ein: | Es drohe keine Gefahr durch Insektenstiche, | kakofonische Musik oder sonstige Anfechtungen der Großstadt. | Also ging es doch auf die Schwäbische Alb, | wo wir wirklich nicht viel anstellen konnten, | schon weil wir den Dialekt nicht verstanden.

166 Wörter

* *auch:* Disko

Langes i, typische Endungen, k statt ck

Bei Fremdwörtern wird das lang gesprochene **i** oft als einfaches **i** geschrieben (↑ S. 122).
Typische Endungen von Fremdwörtern sind **-ive, -ition, -eur, -ieren, -age** und **-tion** (↑ S. 124).
k nach kurzem Vokal wird häufig als **ck** geschrieben. Bei einigen Fremdwörtern schreibt man aber **k** statt **ck** (↑ S. 126).

Spione in Aktion |

Mein Zwillingsbruder und ich sind so neugierig, | dass wir die weihnachtliche Bescherung nie abwarten können. | Deshalb durchsuchen wir akribisch jede Etage, | um die vor uns versteckten Geschenke aufzuspüren. | Wie Profis warten wir jedes Mal geduldig, | bis die Eltern außer Haus sind. |

In diesem Jahr besuchten sie eine Auktion | und waren lange genug weg, | sodass* wir jede Vitrine | und sogar die Regale in der Garage | unter die Lupe nehmen konnten. | Wir hatten ein akutes Problem, | denn wir haben nichts gefunden | und zugleich ein ganz schönes Chaos angerichtet. | Als unsere Eltern zurückkamen, | meinten sie relativ gelassen: | „Eure Geschenke haben wir sicherheitshalber | im Kofferraum des Autos verstaut. | Als Privatdetektive könntet ihr wirklich nicht arbeiten.“ | Unsere Spionageaktion war eine waschechte Blamage, | denn mit dieser Sabotage haben wir nicht gerechnet. | Nächstes Jahr werden wir uns definitiv | nicht wie Amateure anstellen | und eine bessere Suchtechnik entwickeln.

143 Wörter

* *auch:* so dass

6. KLASSE

Tolle Tage in Schwerin |

Am Donnerstag – Weiberfastnacht – | steigt um fünf die Feier für alle Schweriner | mit einer riesigen Polonaise* rund um das Schloss. | Die Menschenschlange bewegt sich zur leer geräumten* Produktionshalle der Pralinenfabrik, | wo örtliche Bands zum Tanz aufspielen. | Am Samstag ist die große Elferratssitzung, | wo lokale Größen ironisch ihr Fett abbekommen. | Am Sonntag zeigen sich die Masken auf dem Rathausplatz, | wo auch die originellsten Kostüme prämiert* werden. | Auf den Schöpfer der vom Elferrat ausgewählten Konfektform, Architekt Scheffhus, | wird am Rosenmontag | eine zum Delfin* aus Gelee passende Laudatio gehalten. | Diese Veranstaltung geht nahtlos in den großen Faschingsball über, | der bis Dienstag früh* dauert. | Aus der Abfüllanlage sprudeln Bier und Wein, | die Schokoladenwannen sind mit Limonade gefüllt. | Das Festessen erfüllt auch den Ingenieuren und Monteuren | den einen oder anderen Wunsch. | Ermöglicht wird eine solche Feier nur durch Sponsoren, | die auch auf internationalem Parkett agieren, | wie der Direktor stolz erzählt. | Er wird als Korsar dieses Jahr | das Festessen nicht gerade entern, aber eröffnen. |

Hoffentlich wird diese ausgelassene Feier | auch in Zukunft zu den unumstößlichen Institutionen | der Landeshauptstadt gehören.

176 Wörter

* *auch:* Polonäse · leergeräumten · prämiiert · Delphin · Früh

6.2 Fremdwörter aus verschiedenen Sprachen

Fremdwörter aus dem Englischen

Bei der Schreibung von Fremdwörtern aus dem Englischen kann man sich manchmal an folgenden Regeln orientieren: **ee** und **ea** stehen für lang gesprochenes **i** *(Teenager, Jeep, Spleen, Team, Jeans, Freak)*, **y** steht für gesprochenes **ei** *(Byte, Recycling, bye-bye)*, **i** steht für gesprochenes **ei** *(Live, Design)*. Fremdwörter aus dem Englischen, die auf y enden, erhalten im Plural ein s *(Hobbys, Partys)*.

Schulfrei |

Mein Smartphone* gongt und reißt mich aus dem Schlaf. | Auf dem Display leuchtet eine Message | von meiner besten Freundin Hanna. | Halbwach sehe ich das Bild eines Longboards und eine Uhrzeit. | Ich antworte mit einem Smiley | und springe aus dem Bett. | Sicherheitshalber stecke ich meinen Selfiestick ein. | Vielleicht starten wir einen Livestream | oder drehen ein Tutorial. |

Für Frühstück bleibt keine Zeit mehr. | Meine Eltern sind zum Glück abgelenkt, | denn sie überlegen, | wie sie eine bessere Work-Life-Balance erreichen können. | Als ich Low-Carb-Diät höre, schrecke ich auf. | Auf Nudeln oder Hotdogs* könnte ich niemals verzichten. | Bei dem geplanten Roadtrip durch Amerika | mit Besichtigung einiger Citys | bin ich aber gern dabei. | Das Reisebüro hätte schon Angebote gemailt | und vielversprechende Links geschickt. | Reisekataloge durchzublättern(,) ist viel zu oldschool. | Noch bevor mir meine Eltern einen Smoothie aufschwatzen können, | schwinge ich mich auf mein Mountainbike.

139 Wörter

* *auch:* Smart Phone · Hot dogs

6. KLASSE

Fremdwörter aus dem Französischen

Es gibt bei der Fremdwortschreibung keine verbindliche Regel. Zum Teil ist eine deutsche Schreibweise akzeptiert *(Frisör* statt *Friseur, Nessessär* statt *Necessaire).* In diesen Fällen kann man sich aussuchen, wie man schreiben will. Daneben gibt es Wörter, die (noch) nicht eingedeutscht sind *(z.B. Ingenieur).* Ihre Schreibung muss man sich gut einprägen.

Stellenannonce |

Die Hamburger Verkehrsbetriebe | sind ein dynamisches Unternehmen, | das öffentlichen Nahverkehr auf höchstem **Niveau** bietet. | Zur Verstärkung unseres Teams | suchen wir ab sofort **Fahrscheinkontrolleure** in Teilzeit. |

Ihre Aufgabe ist es, zu prüfen, | ob **Passagiere** mit gültigen Fahrausweisen unterwegs sind, | und bei Fehlen ein erhöhtes Beförderungsentgelt einzufordern. | Hierbei arbeiten Sie in engem Kontakt mit den Sicherheitskräften. | In der **Urlaubssaison** gehört auf **touristischen Routen** | auch der Kunden**service** zu Ihren Aufgaben. |

Sie sind **couragiert** und **engagiert**, | haben ein **souveränes** Auftreten | und geraten auch bei einem **Disput** mit Fahrgästen nicht in **Rage**. | Bewerber und Bewerberinnen mit vereinzelter Erfahrung im Schwarzfahren | werden bei gleicher Eignung **favorisiert**, | sofern die **Episoden** mehr als sechs Jahre zurückliegen. |

Wir bieten flexible Arbeitszeiten, | **attraktive** Entwicklungs**chancen** und **lukrative** Extras. | Bewerbungen mit Kurz**porträt** bitte schriftlich per Mail oder Post.

128 Wörter

Fremdwörter aus dem Französischen

Fremdwörter aus dem Französischen (↑ S. 131) stammen häufig aus den Bereichen Mode, Kultur und Gastronomie. Bei der Schreibung von Fremdwörtern aus dem Französischen kann man sich an folgenden Regeln orientieren: **ou** wird wie **u** gesprochen *(Souvenir, Cousine)*, **ai** spricht man ähnlich wie **ä** *(Palais, Saison)*, **ill** wie **lj/ij** *(Medaille, Taille)*, **eu** wie **ö** *(Dompteur, Ingenieur)*, **g** manchmal wie **sch** *(Garage, Passagier)*.

Feine Küche |

„Alles eine Soße*", | schimpfte der Küchenchef. | „Ich möchte einmal die Chance haben, | dieses Restaurant auf einem hohen Niveau zu führen. | Dazu brauche ich engagierte und fähige Mitarbeiter!" |

Der junge Mann an der Spülmaschine sah sich um: | Im Entree*, das ist der Eingang, stand, | gelangweilt und in ein Fußballmagazin vertieft, | der Sommelier, das ist ein Weinkellner. | Sein billiges Parfüm* roch man bis in die Küche. | Der Oberkellner sortierte gerade | die faulen Orangen aus dem Obstwagen, | während die anderen Kellnerinnen sich auf der Toilette verabredet hatten. |

Die Saison hatte gerade angefangen | und nichts funktionierte. | Die Jalousien vor den Fenstern | hingen schief in ihren Führungen, | die Kasse druckte nur unleserliche Coupons* aus, | im Kühlwagen schmolz die Nugatcreme* | und der Jungkoch hatte gerade die Mayonnaise mit Bravour gerührt, | sodass* sie geronnen war, | in der Fritteuse müffelte das Fett – | aber die Kundschaft der Autobahnraststätte störte sich nicht daran. | Hauptsache, das Portemonnaie* wird gezückt und es wird gezahlt.

154 Wörter

* *auch:* Sauce · Entrée · Parfum · Kupons · Nougatcreme, ...crème · so dass · Portmonee

Fremdwörter aus dem Griechischen

Fremdwörter aus dem Griechischen stammen häufig aus den Bereichen Wissenschaft und Kultur. Sie werden häufig mit **ph** *(Alphabet, Prophet, Asphalt)*, **rh** *(Rheuma, Rhythmus, Rhapsodie)*, **th** *(Theke, Methode, Athlet)* oder **y** *(System, Sympathie, Tyrann)* geschrieben.

Theater im alten Griechenland |

Das Theater, wie wir es heute kennen, | ist im antiken Griechenland entstanden. | Es hat seinen Ursprung | im Kult um den Weingott Dionysos, | bei dem in Monologen und Dialogen | mythisches Geschehen dargestellt wurde. | Auch Chorgesang und rhythmischer Tanz gehörten dazu. |

Aus diesen Aufführungen entwickelten sich zwei Formen des Dramas: | Die Tragödie befasste sich mit Katastrophen, Skandalen und Tyrannen, | während sich die Komödie über Personen des öffentlichen Lebens | und politische Ereignisse fantasievoll* lustig machte. |

Die Darsteller trugen Masken, die es ihnen ermöglichten, | mehrere Charaktere zu spielen. | Schauspielern wurde viel Anerkennung und Sympathie entgegengebracht, | doch es war ausschließlich Männern erlaubt, diese Kunst auszuüben. |

Die Inszenierungen fanden im Freien statt | und die Zuschauer saßen in stufenförmig ansteigenden Sitzreihen, | die auch in der Peripherie gute Sicht und Akustik boten. | Meist dauerte das Programm mehrere Tage | und wurde von enthusiastischen Zuschauern lautstark verfolgt.

139 Wörter

* *auch:* phantasievoll

Fremdwörter aus dem Lateinischen

Ein Teil unseres Wortschatzes stammt aus dem Lateinischen. Diese Wörter enden häufig auf **-ion** *(Stadion, Portion)*, **-ant** *(Konsonant, Demonstrant)*, **-al** *(Quartal, sozial)*, **-us** *(Radius, Exitus)*, **-tät** *(Fakultät, Qualität, Identität)*, **-um** *(Publikum, Petroleum)* oder **-or** *(Doktor, Korridor)*.

Theater in der Umkleidekabine |

Ein Schauspiel in der Kabine eines Fußballstadions? | Diese Gelegenheit bot sich bei einer Kooperation | zwischen dem Theater und dem Fußballverein Osnabrück. |

Die Handlung: In der Enge einer Umkleidekabine | prallen drei Männer mit gegensätzlichen Interessen aufeinander: | der Trainer, der Zeugwart und der junge Spieler Jordan. | Nicht nur dem alten Zeugwart des lokalen Fußballvereins | ist die besondere Begabung des jungen, offensiven Spielers aufgefallen, | auch der Trainer hält den Aufstieg aus der Kreisliga | mit ihm für eine reale Perspektive. | Doch während der Zeugwart auf Integrität und Fairness setzt, | ist Fußball für den kühl kalkulierenden Trainer ein Geschäft. | Dieser Konflikt droht Jordans Leben zu ruinieren. | Die wahren Motive des Trainers zeigen sich, | als er den jungen Spieler an einen Profiverein verkaufen will. | Doch er hat übersehen, | dass das Geschäft mit dem Fußball | in Wahrheit von den Investoren bestimmt wird. |

Bei der Premiere spendete das Publikum stehend Applaus.

147 Wörter

7. KLASSE

Fremdwörter aus aller Welt

Informationen zu Fremdwörtern findest du auf den Seiten 130 bis 134. Mit diesem Diktat kannst du die Schreibung von Fremdwörtern aus verschiedenen Sprachen üben.

Ein Fest der besonderen Art |

Schon in der Antike, | im Jahr 776 vor Christus, | fanden in Griechenland zu Ehren des Zeus | die ersten Olympischen Spiele statt. | Heute werden sie alle vier Jahre | an einem anderen Ort abgehalten. | Die Spiele sollen ein Vorbild für das friedliche Zusammenleben | aller Völker der ganzen Welt sein. | Die fünf Ringe stehen dabei für die Verbundenheit | und Solidarität der Kontinente. | Bei vielen Leichtathletikveranstaltungen(,) | wie dem Marathonlauf, | dem Stabhochsprung oder den Kurzstreckenläufen(,) | fiebern die Zuschauer begeistert | mit den internationalen Athleten mit. |

Aber auch Disziplinen wie Military, | Synchronschwimmen oder Triathlon | gewinnen immer mehr enthusiastische Fans. | Fairness und Teamgeist stehen bei allen Sportlern | aber an oberster Stelle. | Fair kämpfen sie um die Medaillen | in Gold, Silber und Bronze. |

Leider gibt es aber trotzdem Sportler, | die durch Pharmazeutika ihre Leistungen manipulieren. | Aus diesem Grund werden Dopingkontrollen durchgeführt. | Dabei wird getestet, | ob die Teilnehmer vor den Wettbewerben | Anabolika, Steroide oder andere leistungssteigernde Medikamente | eingenommen haben.

155 Wörter

Fremdwörter aus aller Welt

Informationen zu Fremdwörtern aus verschiedenen Sprachen findest du auf den Seiten 130 bis 134. Mit diesem Diktat kannst du die Schreibung von Fremdwörtern aus dem Englischen üben, mit dem Diktat auf Seite 137 Fremdwörter aus verschiedenen Sprachen.

Moderne Zeiten! |

Zugegeben, das Schwitzhemd klingt neben dem **Sweatshirt** geradezu abstoßend | und **Baby** klingt netter als Säugling. | Aber damit fängt es an: | Wir werden in **Pampers** gewickelt, | mit **Shampoo** wäscht man uns den Kopf | und man setzt uns einen **Babysitter** vor. | Und haben wir das **Lollialter** hinter uns, | **sprayen** wir uns gegen eventuelle unangenehme Körpergerüche. | **Pullover** und **T-Shirt** liegen in fast jedem Kleiderschrank, | die modischen **Jeans** lassen uns **up to date** erscheinen. |

Alle die besonders **cool** sein wollen, richten ihren **Lifestyle** | nach den neuesten **Trends**. | Das **Smartphone** schwingend, **surfen** wir durch das mobile **World Wide Web** | und **posten Selfies** im **Internet**. | Arbeiten können wir bequem zu Hause im **Homeoffice**. |

Brave New World, wenn es nur richtiges Englisch wäre | und nicht zum Teil auf das berüchtigte Lübke-Niveau absinken würde, | oder warum glauben sonst viele Deutsche, | dass die Briten unter der Hose **Slips** tragen und die Schotten nix?

144 Wörter

Der Krieg der Welten |

Der letzte Sonntag im Oktober 1938 | war für New York der schönste der gesamten Herbstsaison gewesen. | Den ganzen Tag hatte die Sonne geschienen | und der Abend versprach herrlich lau zu werden. | Um diesen Tag angemessen zu beenden, | hatte das Ehepaar Jones beschlossen, | zusammen mit seinen Kindern, den Teenagern Billy und Carol, | in ein Restaurant essen zu gehen. | Da Billy unbedingt eine Pizza essen wollte | und Carol Spaghetti* über alles liebte, | fiel die Wahl auf das „Napoli" im Zentrum der Stadt. |

Nachdem alle das Dinner genossen hatten | und so richtig satt und zufrieden auf ihren Stühlen saßen, | winkte Herr Jones dem Kellner an der Theke, | um noch einen Whisky* zu bestellen | und sich die Rechnung bringen zu lassen. | Im Radio lief gerade ein Klarinettenkonzert, | als die Musik plötzlich unterbrochen und eine aktuelle Reportage angesagt wurde. |

Der Barkeeper stellte sofort den Radioapparat lauter | und alle Gäste hörten gebannt zu, | als sich ein Reporter meldete, | der mit aufgeregter Stimme das Unfassbare berichtete: | Vor einer Stunde sei 20 Meilen | nördlich von New York ein Flugkörper niedergegangen, | den eine Touristengruppe beobachtet | und zunächst für einen großen Meteoriten gehalten hatte. | Nachdem man sich der vermeintlichen Einschlagstelle genähert hatte, entdeckte man, | dass es sich in der Realität um ein riesiges Raumschiff | von einem anderen Planeten handelte, | das kurz zuvor hier gelandet war. | Immer mehr Schaulustige seien herbeigeeilt | und beobachteten nun fasziniert dieses Ufo. | Man warte gespannt darauf, | dass sich die intelligenten Wesen aus dem All endlich zeigen würden, | und man gehe davon aus, | dass sie sympathisch sein würden.

255 Wörter

* *auch:* Spagetti · Whiskey

Worttrennung am Zeilenende

7.1 Einheimische Wörter

Trennung nach Wortteilen und Sprechsilben

Komposita (zusammengesetzte Wörter) werden nach ihren einzelnen Teilen getrennt *(Tür-schloss, Ball-kleid)*.
Mehrsilbige, nicht zusammengesetzte Wörter werden nach ihren Sprechsilben getrennt *(hel-fen, Sil-be, da-rauf, Him-mel)*.
ck, ch, sch, ß, ph und **th** werden nicht getrennt *(Bä-cker, Dä-cher, Fla-sche, Grü-ße, Phos-phor, Ma-the)*.
Hinweis: Trage die Worttrennungen nach dem Diktat durch senkrechte Striche ein.

Fußballspiel |

Als das Fuß-ball-spiel fast he-rum war | und der Him-mel sich schon ver-fins-tert hat-te, | pfiff der Schieds-rich-ter Elf-me-ter. | Kath-rin, die bes-te Stür-me-rin auf dem Platz, | nahm die Ein-la-dung zum To-re-schie-ßen ger-ne an. |

Für sie war es kei-ne Fra-ge, | dass sie ein Tor er-zie-len wür-de. | Doch ih-re Mit-spie-le-rin-nen zit-ter-ten. | Sie wa-ren sehr ner-vös und sie konn-ten kaum hin-se-hen. | Man-che hiel-ten sich so-gar die Au-gen zu. |

Die Angst war je-doch grund-los. | Kath-rin täusch-te die Tor-frau der an-de-ren Mann-schaft | und schoss das Sie-ges-tor. | Da konn-te noch nicht ein-mal ih-re Trai-ne-rin me-ckern. | Kath-rin be-kam nach dem Spiel | so-gar ein Lob von der Trai-ne-rin, | weil sie den Elf-me-ter so ru-hig und ab-ge-klärt ge-schos-sen hat-te.

109 Wörter

Ein besonderes Hochzeitsgeschenk |

Mei-ne Schwes-ter hat ver-gan-ge-ne Wo-che | ih-re gro-ße Lie-be ge-hei-ra-tet. | Das Ge-schenk un-se-rer El-tern war ei-ne rie-si-ge Über-ra-schung. | Vor der Tür des Ho-tels stand ein na-gel-neu-er Wohn-wa-gen. | Dem Braut-paar sind fast die Au-gen aus dem Ge-sicht ge-fal-len, | denn da-mit hät-ten sie nicht ge-rech-net. | Zum Glück ha-ben sie die Flit-ter-wo-chen noch nicht ge-plant, | so-dass* sie das Ge-fährt gleich tes-ten kön-nen. |

Da mein Schwa-ger noch nie in Frank-reich war, | wird die ers-te Fahrt ver-mut-lich nach Pa-ris ge-hen. | Die Vor-tei-le lie-gen auf der Hand. | Ganz Eu-ro-pa lässt sich be-reis-en, | oh-ne Un-ter-künf-te bu-chen zu müs-sen. | Man kann an schö-nen Or-ten län-ger blei-ben | und un-ter-wegs ein-fach an-hal-ten, | wenn man die Um-ge-bung ge-nau-er er-kun-den möch-te.

111 Wörter

* *auch:* so dass

6. KLASSE

Trennung von ck, st und tz

Bei der Silbentrennung gibt es ein paar schwierige Fälle:
ck kann nicht getrennt werden *(Dru-cker, dru-cken, Ste-cker, ste-cken)*!
st muss getrennt werden, wenn es nicht zu einem Wortbestandteil gehört *(Hus-ten, pus-ten, Kas-ten, bas-teln; Holz-stab, Ge-steck)* (↑ S. 141).
tz muss ebenfalls getrennt werden *(Kat-ze, Müt-ze)*.

Tier oder Gott |

Die Kat-ze ist für uns Menschen in Europa | heute ein put-ziges Haustier. | Doch sie war früher ein tü-ckischer Jäger, | der auf der Suche nach Beute | große Stre-cken zu-rück-legte. | Das Gebiss der meis-ten Kat-zen, | die übrigens den Raubtieren zugerechnet werden, | ist ausgezeichnet für das Schlagen von Beutetieren geeignet. | Manche Kat-zen haben diese Gewohnheit beibehalten | und ziehen nachts durch Straßen und Felder, | um mit den Tat-zen Mäuse zu fangen. |

Die Freundschaft zwischen Mensch und Kat-ze | begann in Ägypten. | Dort wurde dieser Jäger ins Haus ge-lockt und gezähmt. | Bei den Ägyptern waren Kat-zen außerdem heilig. | Sie galten als eine Erscheinungsform des Sonnengottes Re auf der Erde.

106 Wörter

Trennung von st

Die Trennung am Zeilenende erfolgt nach Sprechsilben. Auch die Konsonantenverbindung **st** kann nach dieser Regel getrennt werden (↑ S. 140). Die Konsonantenverbindung **st** tritt häufig an Wortfugen auf. Wenn eine Wortfuge getrennt wird, dann erfolgt die Trennung nach den ursprünglichen Wörtern *(Buch-stütze, Gast-stätte)*.

Lehrer vergessen |

Auf der Rückfahrt von einer Klassenfahrt | hat eine Schülergruppe den Lehrer an einer Rast-stätte vergessen. | Der Pädagoge hatte sich zu dem von ihm angegebenen Abfahrts-termin | noch in der Gast-stätte aufgehalten. | Von der Haus-tür des Gebäudes aus | sah er noch den abfahrenden Reisebus. | Die Schüler bemerkten den Verlust allerdings nicht. |

Um sich zu trös-ten, | kehrte der Lehrer in die Gast-stätte zurück, | wo er ein Würst-chen zu sich nahm. | Leider hatte er seinen Geldbeutel in dem Bus vergessen. | So kam es auch noch zum Zwist mit dem Kassierer. |

Bei all der Aufregung bekam der Lehrer einen fürchterlichen Hus-ten | und wollte in seiner Wes-tentasche nach Hals-tabletten suchen. | Doch auch die Wes-te lag im Bus. | Das regte den Lehrer so auf, | dass er den Kassierer zur Seite schubs-te. | Dieser fiel hin, verletzte sich und schrie. | Nun fühlten sich auch die Gäs-te in der Rast-stätte beläs-tigt. |

Schließlich muss-te die Polizei den Fall aufnehmen. | Die Beamten verfolgten anschließend mit dem Lehrer die Schülergruppe.

159 Wörter

7.2 Fremdwörter

Trennung von Fremdwörtern

Fremdwörter können nach Sprechsilben und erkennbaren Bestandteilen getrennt werden. Einige Konsonantengruppen können aber auch ungetrennt bleiben, zum Beispiel verschiedene Konsonantengruppen mit einem **l** *(Pub-likum* oder *Pu-blikum)* oder einem **r** *(Feb-ruar* oder *Fe-bruar)* sowie die Konsonantenkombinationen **gn** und **kn** *(Mag-net* oder *Ma-gnet)*. Stehen die Konsonantenverbindungen **ph, rh, sh** und **th** für einen einfachen Laut, werden sie nicht getrennt.

Silvester in der Oper |

Gestern hat der In-ten-dant auf der Betriebsversammlung verkündet, | dass dieses Jahr eine Sil-ves-ter-fei-er mit Ball veranstaltet wird. | Alle Angestellten, auch die en-ga-gier-ten Sänger, | müssen sich bei der Vorbereitung beteiligen. |

Schon beim Verteilen der Aufgaben erhob sich Tumult: | Die Gar-de-ro-bie-ren* sollen Getränke und Ca-shew-nüs-se servieren, | die Vi-sa-gis-tin-nen sollen | als Ani-ma-teu-rin-nen die Gäste unterhalten, | während die Schauspieler in der Küche das Bü-fett* zubereiten sollen. | Der In-ten-dant selbst | wird sich als In-stal-la-teur der De-ko-ra-ti-on betätigen. | Die Fri-seu-re* und Fri-seu-rin-nen* sollen nach der Feier als Putz-ko-lon-ne aufräumen, | da am Neujahrstag eine Ma-ti-nee stattfinden wird. |

Es hagelte wütende Pro-tes-te, | bis der Di-rek-tor allen Anwesenden erklärte, | dass das Opernhaus schließen müsse, wenn es nicht in der Lage sei, | selbst neue Geldquellen aufzutreiben. | Spon-so-ren gebe es leider nicht. | Voller Iro-nie öffnete die Pri-ma-bal-le-ri-na ihr Porte-mon-naie* | und spendete einen Euro.

136 Wörter

**auch:* Gar-de-ro-bi-eren · Bu-ffet · Fri-sö-re · Fri-sö-rin-nen · Port-mo-nee

Homemade |

Momentan sind Möbel aus Pa-let-ten sehr angesagt. | Also überredete ich meinen Vater, sich mit mir eine Stra-te-gie zu überlegen, | wie wir mein Zimmer so um-sty-len können, | dass eine hyg-ge-li-ge At-mo-sphä-re entsteht. |

Voller En-thu-si-as-mus ana-ly-sier-ten wir die Raumgröße und fertigten Skiz-zen an. | Zum Glück habe ich in Tri-go-no-me-trie besser aufgepasst als in Geo-gra-fie*. | Nachdem wir das ganze Equip-ment zusammengetragen hatten, | dra-pier-ten wir die Pa-let-ten, um ein Bett und einen Schreibtisch zu mon-tie-ren. | Hin und wieder hatten wir uns ver-kal-ku-liert. | Deshalb mussten wir im-pro-vi-sie-ren, | indem wir mehrere Seiten kürzten und neu miteinander kom-bi-nier-ten. | Unser Di-let-tan-tis-mus fiel niemandem auf. | Stattdessen zog meine Mutter ein po-si-ti-ves Re-sü-mee. | Sie würde gern mit uns brain-stor-men, welche Möbel in unserem Apart-ment ausgetauscht werden könnten. | Vielleicht sollten mein Vater und ich ein Busi-ness eröffnen. | Pro-fi-ta-bel wäre das allemal.

131 Wörter

* *auch:* Geo-gra-phie

8 Zeichensetzung

8.1 Satzschlusszeichen

Punkt

Ein Punkt steht am Ende eines abgeschlossenen und vollständigen Satzes, das heißt eines Satzes, der mindestens ein Subjekt und ein Prädikat enthält. *(Sie lernt.)*
Nach einer Überschrift steht kein Punkt.
Aufgepasst: Die farbig hervorgehobenen Satzzeichen werden nicht diktiert.

Schauspieler gesucht |

Für das Theaterstück „Urmel aus dem Eis" | werden noch Laiendarstellerinnen gesucht |

In der nächsten Spielzeit | soll an unserem Theater | das beliebte Kinderstück „Urmel aus dem Eis" | aufgeführt werden. | Hast du nicht Lust, | in diesem Stück eine kleine Nebenrolle zu spielen? | Es müssen insgesamt | noch fünf Rollen besetzt werden. | Das Auswahlgespräch für die Besetzung der Rollen | findet am nächsten Dienstag | um 16 Uhr statt. | Wenn du Interesse hast, | schau einfach beim Theater vorbei. | Die Proben finden während der Woche | um 17 Uhr statt. |

Dort lernst du deinen Text | und wie du dich auf der Bühne bewegen musst. | Die erfahrenen Schauspieler | stehen dir mit guten Tipps zur Seite. | Du bekommst auch ein kleines Taschengeld. | Der eigentliche Lohn | ist allerdings der Applaus des Publikums.

123 Wörter

Fragezeichen

Fragen werden mit einem Fragezeichen abgeschlossen. Am Anfang einer Frage steht immer ein **Fragewort** (*wer, wie, was* usw.) oder die **konjugierte Form** (Personalform) **des Verbs.** *(Kommst du auch mit zum Baggersee?)*

Pläne |

Nachdem Sophie wieder zu Hause ist, | macht sie sich Gedanken über den nächsten Urlaub. | In ihrem Brief an Rania schreibt sie: |

Wie wärs*, wollen wir in den nächsten Sommerferien gemeinsam Urlaub machen? | Wenn ja, willst Du* dann wieder an die Nordsee? | Ich würde lieber in die Berge fahren. | Würden Deine* Eltern Dir* erlauben, | mit mir und meiner Familie in den Urlaub nach Österreich zu fahren? | Das würde bestimmt lustig. | Vor allem müsste ich dann nicht immer nur mit meinem Bruder spielen, | sondern hätte eine gute Freundin dabei, | mit der ich viel unternehmen könnte. | Hast Du* Lust dazu? | Dann melde Dich* doch bald bei mir, | damit wir es mit unseren Eltern besprechen können! |

Schaffst Du* es, mir noch in dieser Woche zu antworten? | Ich würde mich riesig freuen. |

Viele Grüße
Deine* Sophie

132 Wörter

* *auch:* wär's · du · deine · dir · du · dich · du · deine

Ausrufezeichen

Das Ausrufezeichen steht nach einem Aus- oder Zuruf, nach Aufforderungen, Befehlen und Anreden oder wenn eine Aussage hervorgehoben werden soll.

Großer Sportball |

Jubel, Trubel, Heiterkeit! | Der Jubiläumsball der Kickers Borussia | war ein voller Erfolg. | Zu Beginn des Abends | ergriff der erste Vorsitzende das Wort: | „Liebe Sportfreundinnen und Sportfreunde!“, | so rief er der Festgesellschaft zu. | „Heute Abend wollen wir miteinander feiern! | Erhebt eure Gläser | und trinkt mit mir auf viele weitere Siege | unseres erfolgreichen Vereins!“ |

Insgesamt waren etwa 250 Gäste | in die Festhalle gekommen, | darunter war sogar der Bürgermeister! | Die Musik der Gruppe „Harmonics“ | kam bei allen gut an. | Auch die Speisen und Getränke | sowie die liebevoll gestaltete Raumdekoration | fanden Anerkennung. | „Super! Klasse!“, | so äußerten sich viele der Anwesenden. | Die Stimmung war wirklich großartig. |

Als dann die erste Mannschaft der Kickers Borussia | ein Männerballett aufführte, | tobte der ganze Saal. | Die Zuschauer riefen immer wieder: „Zugabe, Zugabe!“ | So wurde die Festveranstaltung | wirklich zu einem vollen Erfolg | für alle Beteiligten. | Viele sagten: „Wir freuen uns schon | auf das nächste Jahr!“

147 Wörter

5. KLASSE

Satzschlusszeichen gemischt

Ein Punkt steht am Ende eines abgeschlossenen und vollständigen Satzes (↑ S. 144).
Fragen werden mit einem Fragezeichen abgeschlossen (↑ S. 145).
Das Ausrufezeichen steht nach einem Aus- oder Zuruf, nach Aufforderungen, Befehlen und Anreden oder wenn eine Aussage hervorgehoben werden soll (↑ S. 146).

Ein super Ferienlager |

Das Zeltlager unserer Jugendgruppe | war auch in diesem Jahr wieder ein voller Erfolg. | Mehr als 40 Jungen und Mädchen | hatten sich zu Beginn der Sommerferien aufgemacht, | um nach Hellenthal zu fahren | und dort drei Wochen in einem Zeltlager zu verbringen. |

Schon die ersten Nachrichten, | die die Daheimgebliebenen aus der Eifel erhielten, | hörten sich sehr gut an. | Die Kinder, die natürlich nicht viel Zeit | zum Schreiben oder Telefonieren hatten, | begnügten sich mit ganz kurzen Nachrichten an ihre Eltern. | „Tolle Stimmung!", hieß es bei den einen, | „Super Wetter!" und | „Was will man mehr?", bei den anderen. |

Auch am Ende der Freizeit | waren alle Kinder noch sehr zufrieden | und als sie nach ihrer Heimkehr gefragt wurden: | „Was könnte man im nächsten Jahr besser machen?", | sagten die meisten: „Nichts, | alles war wirklich super!"

132 Wörter

8.2 Komma bei Aufzählungen

Glieder einer Aufzählung

Das Komma trennt die Glieder einer Aufzählung. *(Zu meinem Geburtstag kamen Peter, Uschi, Nicole.)* Kein Komma steht, wenn die Glieder der Aufzählung mit **und, oder, sowie** verbunden sind. *(Tick, Trick und Track sind die Neffen von Donald Duck.)*

Nachtisch: Haselnusspudding |

Zur Zubereitung von Haselnusspudding benötigt man: | 1 Ei, 120 g Zucker, | 3 Esslöffel Wasser, Salz, | abgeriebene Schale einer Orange, | Saft einer Orange, 50 g Mehl, | 50 g Stärkemehl, 1 gestrichenen Teelöffel Backpulver, | 150 g gemahlene Haselnüsse. |
Zuerst musst du das Eigelb | mit dem warmen Wasser cremig rühren, | danach gibst du die Hälfte des Zuckers, | eine Prise Salz, den Saft | und die abgeriebene Schale der Orange dazu. |

In einem anderen Gefäß | schlägst du das Eiweiß zu Schnee. | Den restlichen Zucker | gibst du nach und nach dazu(,) | und dann vermischst du den Eischnee | mit der Eigelbmasse. | Danach mischst du das Backpulver | mit dem Mehl, dem Stärkemehl | und den gemahlenen Haselnüssen, | diese Mischung gibst du zu den anderen Zutaten. |
Alles wird vorsichtig verrührt(,) | und der Teig wird in eine gefettete | und mit Semmelbröseln ausgestreute Puddingform gegeben. | Die geschlossene Form | wird ins Wasserbad gestellt | und bei mäßiger Hitze | in circa* 60 Minuten gegart. | Zum Schluss musst du die Form | unter kaltem Wasser abkühlen, | sie öffnen und den Pudding | auf einen Teller stürzen.

170 Wörter

* *auch:* zirka

Besonderheiten beim Komma bei Aufzählung

Zwischen Adjektiven, von denen das erste die folgende Fügung näher bestimmt, steht kein Komma *(die alte elektrische Eisenbahn)*. Die Adjektive sind in diesen Fällen nicht gleichrangig, man kann sie nicht problemlos umstellen.

Urlaub |

Für meinen Urlaub | habe ich den kleinen spanischen Sprachführer | und einen dicken spannenden Krimi eingepackt. | Der dünne spannende Krimi | würde für drei Wochen Urlaub nicht reichen. | Ich habe zwar noch den alten blauen Rucksack, | aber ich nehme lieber den neuen blauen Rucksack. |

Am Urlaubsort stelle ich fest, | dass ich meine alte verwaschene Jeans vergessen habe. | Auch die kurzen bunten T-Shirts | liegen noch zu Hause* im Schrank. | Stattdessen habe ich nur die neue rote Jeans eingepackt | und die einfarbigen Shirts mit langen Ärmeln. | Dann werde ich wohl gleich in der Stadt | schwarze, weiße und bunte T-Shirts | und Blusen kaufen müssen. |

Die durchgelaufenen grauen Turnschuhe habe ich dabei, | aber die guten schwarzen Schuhe für die Disco*, | den festlichen Abend | und die Geburtstagsfeier meines Vaters | fehlen mir jetzt. | Vielleicht finde ich in der Stadt | ein preiswertes neues Paar.

136 Wörter

* *auch:* zuhause · Disko

Besonderheiten beim Komma bei Aufzählung

Das Komma trennt die Glieder einer Aufzählung (↑ S. 148). Zwischen Adjektiven, die nicht gleichrangig sind und von denen das erste die folgende Fügung näher bestimmt, steht kein Komma (↑ S. 149).

Diebe |

Tim vermisst seine Fußballtasche. | Er schreibt gerade auf, | was alles darin war: | ein schönes(,) großes Badehandtuch, | zwei alte(,) zerfledderte Fußballzeitschriften, | das gut riechende Duschbad | und natürlich seine komplette Fußballausrüstung. |

Alle, | die er nach seiner Tasche fragt, | können ihm nicht weiterhelfen. | Philipp, Max und Julian | haben niemanden gesehen. | Er wendet sich auch an Martin, seinen Trainer. | Auch der kann ihm nicht weiterhelfen. | Tim darf gar nicht daran denken, | dass das neue gelbe Trikot | und die passenden geringelten Strümpfe weg sind. | Auch die teuren harten Stollen | wird er sich neu kaufen müssen. |

Deshalb geht er erst noch einmal zu Herrn Schneider. | Das ist der Hausmeister. | Dieser erzählt ihm, | dass auch schon Ole, Felix und Kaan beklaut worden sind. | Herr Schneider hat die Polizei schon angerufen | und den Diebstahl gemeldet. |

Gemeinsam mit den drei anderen | macht sich Tim auf die Suche. | Sie suchen im alten Vereinsheim, | im neuen Vereinsheim, in der Umkleidekabine | und in der Vereinsgaststätte. | Doch die Taschen von Tim, Ole, Felix und Kaan sind nirgends zu finden.

167 Wörter

Komma zwischen Hauptsätzen

In Satzreihen werden die gereihten Hauptsätze durch Komma voneinander getrennt. *(Jan spielt Gitarre, Pia liest ein Buch.)* Werden Hauptsätze mit *und* oder *oder* verbunden, kann man ein Komma setzen, um die Gliederung des Satzes deutlich zu machen. *(Passt dir das Hemd noch(,) oder ist es schon zu klein?)*

Unser neues Lernportal |

Seit Beginn des neuen Schuljahrs haben wir ein Lernportal, | es steht allen Schülerinnen und Schülern, Lehrerinnen und Lehrern und auch den Eltern zur Verfügung. | An fünf Computerarbeitsplätzen gibt es einen Zugang | zu Nachschlagewerken, zu verschiedenen Lernkartensets und Trainingsklausuren(,) | und auch Originalprüfungen für die Fächer Englisch, Deutsch und Mathematik | werden dort zur Verfügung gestellt. |

Als Aufsicht können im Computerraum neben Lehrkräften auch Eltern | und volljährige Schülerinnen und Schüler eingesetzt werden(,) | und bereits eine halbe Stunde vor Schulbeginn, in den Pausen | und zwei Stunden nach Schulschluss sind die Computerarbeitsplätze nutzbar. | Die Lokalzeitungen, überregionale Tageszeitungen und Magazine | können in einer Leseecke studiert werden, | im Internet kann man außerdem fast alle weltweit erscheinenden Zeitungen lesen. |

Wer ein Buch aus der Stadtbibliothek benötigt, | kann es per Computer bestellen, | montags, mittwochs und freitags kommt der Bücherbus vorbei | und liefert die bestellten Bücher oder CDs ab. | Für verlorene, beschädigte oder verschmutzte Medien muss der volle Preis bezahlt werden.

154 Wörter

8.3 Komma bei Konjunktionalsätzen

Nachgestellter Konjunktionalsatz

Nebensätze, die durch Konjunktionen (z.B. *dass, wenn, als, ob, sobald, weil, indem*) eingeleitet werden, nennt man Konjunktionalsätze. Konjunktionalsätze werden, wie alle Nebensätze, mit einem Komma vom Hauptsatz abgetrennt. Oft sind Konjunktionalsätze dem Hauptsatz nachgestellt.

Hunde |

Mit meinem neuen Hund möchte ich auch verreisen, | wenn ich Ferien habe. | Im Zug kann ich ihn umsonst mitnehmen, | weil er ja keinen Sitzplatz benötigt. |

Es ist jedoch nicht immer ganz leicht, | einen Hund innerhalb Europas mitzunehmen, | obwohl wir in Europa kaum noch Grenzen haben. | In einigen Ländern muss das Tier besonders geimpft werden, | wenn es mitreisen soll. | In manchen Hotels fühlen sich die anderen Gäste durch Hunde gestört, | weil sie laut bellen oder durch die Gebäude oder Außenanlagen laufen. | Manche Menschen können Hunde überhaupt nicht ausstehen, | obwohl sie noch nie schlechte Erfahrungen mit ihnen gemacht haben. |

Meinen Hund jedenfalls werde ich gut erziehen, | damit es keine Probleme mit unseren Nachbarn | oder mit anderen Feriengästen gibt. | Mit einem Hund im Flugzeug zu verreisen, ist recht umständlich, | sodass ich das wohl nicht machen werde. | Eine Freundin hat mir berichtet, | dass sie ihren kleinen Pudel vorher abgeben musste. | Er musste dann in einem Käfig im Frachtraum reisen, | weil der Käfig dort fest angeschnallt werden konnte.

164 Wörter

Vorangestellter Konjunktionalsatz

Man kann Konjunktionalsätze (↑ S. 152) dem Hauptsatz auch voranstellen. Auch dann setzt man zwischen Konjunktionalsatz und Hauptsatz ein Komma.
Die Wortstellung im Hauptsatz verändert sich dabei. Die Personalform des Verbs steht im Hauptsatz an erster Stelle, also direkt nach dem Komma.

Meine erste eigene Bergtour |

Obwohl meine Eltern | oft ziemlich ängstlich sind, | haben sie mir erlaubt, | mit meiner Jugendgruppe | eine Bergtour zu machen. | Zunächst hatten uns unsere Jugendleiter | über die Tour informiert. | Weil sie diese selbst schon einmal gegangen waren, | konnten sie uns wunderschöne Dias zeigen. | Als wir diese gesehen hatten, | konnten wir den Beginn unserer Ferien | gar nicht mehr erwarten. |

Dass wir später auch noch einen Diaabend | für die Eltern veranstaltet haben, | war eine gute Entscheidung. | Obwohl immer noch nicht alle Bedenken | ausgeräumt waren, vertrauten sie jetzt darauf, | dass unsere Leiter uns gut führen würden. |

Auf der Tour selbst | haben wir natürlich eine Menge erlebt. | Wenn das Wetter es zuließ, | sind wir sechs bis sieben Stunden | pro Tag gewandert. | Wenn wir nach einem solchen Tag | abends wieder an einer Hütte ankamen, | waren wir natürlich sehr erschöpft. | Weil wir selbst kochen mussten, | dauerte es bis zum Abendessen | dann noch etwa eine Stunde. | Danach mussten wir noch abwaschen und aufräumen | und dann waren die meisten auch schon so müde, | dass sie sofort ins Bett wollten.

173 Wörter

Ein Urlaub mit Folgen |

Als ich mit meinen Eltern im Urlaub an der Ostsee war, | lernten wir ein altes Ehepaar aus London kennen. | Sie verbrachten eine Woche im selben Hotel wie wir. | Deshalb trafen wir uns jeden Tag | zum gemeinsamen Frühstück. | Nachdem ich meine Schüchternheit überwunden hatte, | sprach ich sogar Englisch mit ihnen. | Da sie mich nicht ständig berichtigten, | wurde ich immer mutiger. | Damit wir in Kontakt bleiben konnten, | tauschten wir unsere Adressen aus. | Mindestens einmal im Monat erhielt ich Post | von unseren Freunden. | Meist antwortete ich direkt am nächsten Tag. | Dass mein Englisch immer besser wurde, | fiel auch meinem Lehrer auf. |

An meinem Geburtstag | wartete eine besondere Überraschung auf mich. | Während ich meine Geschenke auspackte, | hielt mir mein Vater einen Briefumschlag unter die Nase: | „Wenn du den öffnest, | wirst du gleich durch die Wohnung springen." | Weil ich noch nie in England war, | hat mich das nette Ehepaar nach London eingeladen. | Obwohl meinen Eltern mulmig zumute war, | erlaubten sie mir die Reise. | Sofern nichts dazwischenkommt, | werde ich in den Sommerferien | für eine Woche nach London fliegen | und unsere Freunde besuchen.

180 Wörter

Eingeschobener Konjunktionalsatz

Neben nachgestellten Konjunktionalsätzen (↑ S. 152) und vorangestellten Konjunktionalsätzen (↑ S. 153) gibt es auch eingeschobene Konjunktionalsätze. Vor und nach dem Einschub stehen Kommas.

Marvin allein zu Haus |

Einmal, als seine Eltern kegeln waren, | war Marvin ganz allein zu Hause. | Schon fast gegen Mitternacht wachte er auf, | weil es gewaltig zu donnern begann, | und bekam Angst. | Trotz der Gardinen wurde sein Zimmer | immer wieder von Blitzen erleuchtet, | sodass er sich ganz unter die Bettdecke verzog, | und einige Zeit später | prasselte Regen gegen die Fensterscheibe seines Zimmers. |

Zu allem Überfluss machte sich jetzt auch noch jemand, | weil dieser anscheinend | von dem wöchentlichen Kegeltermin seiner Eltern wusste, | am Kellerfenster zu schaffen. | Marvin, obwohl er sich eigentlich | für mutig gehalten hatte, | wurde immer kleiner und unsicherer. | Was sollte er, | wenn das wirklich ein Einbrecher war, jetzt tun? | Würde er es noch bis zum Telefon schaffen, | damit er bei der Polizei einen Einbruch melden konnte, | ohne vom Dieb bemerkt zu werden? |

Marvin beschloss, weil er kein Risiko eingehen wollte, | sich unter dem Bett zu verstecken. | Erst als seine Eltern nach Hause kamen, | kam er wieder hervor. | Seine Mutter ging sofort in den Keller und stellte fest, | dass Marvin wohl das Plätschern der Regentropfen | für einen Einbruchsversuch gehalten hatte.

181 Wörter

Überfall |

Gestern, als ich eigentlich meine Hausaufgaben erledigen wollte, | habe ich von einem unglaublichen Vorfall gelesen. |

Ein Räuber wurde, nachdem er die Kassen eines Supermarktes geplündert hatte, | von der Polizei quer durch die Stadt verfolgt. | Er steuerte eine Tankstelle an, | weil dort kaum Menschen zu sehen waren, | und rannte vor lauter Hektik gegen die Eingangstür. | Taumelnd betrat er den Laden und schrie: | „Füße hoch oder ich weine!“ | Er nahm statt der Waffe ein Taschentuch | und winkte dem Verkäufer zu. | Er drohte, dass er ihn als Geisel nehmen würde, | und lief rückwärts auf ihn zu. | Der Verkäufer konnte sich, obwohl er Angst hatte, | das Lachen nicht verkneifen. | Die Polizisten verhielten sich zunächst ruhig, denn sie wollten den Räuber nicht provozieren. | Nach fünf Minuten konnten sie, ohne dass sie Gewalt anwenden mussten, | in die Tankstelle gelangen. | Es ist kaum zu glauben, | aber der Dieb war, kurz bevor er die Ladentheke erreicht hatte, | im Stehen eingeschlafen. | Lediglich sein Schnarchen verriet, dass er noch atmete.

161 Wörter

Konjunktionalsätze – vorangestellt, nachgestellt, eingeschoben

Das Komma trennt Haupt- und Nebensatz. Eine Form des Nebensatzes ist der Konjunktionalsatz (↑ S. 152–156).

Die Mission |

Unsere Crew blickt, nachdem wir die Erde verlassen haben, | auf unseren Heimatplaneten zurück. | Obwohl wir uns alle freuen, | sind einige auch gespannt, | welche Abenteuer und Aufgaben unsere Mission mit sich bringen wird. | Als von einem unbekannten Planeten außerhalb unseres Sonnensystems | die ersten Funksignale empfangen worden waren, | wurde unsere Expedition dorthin sofort vorbereitet. |

Die Leitung unserer Behörde stellte, | nachdem alle Länder der Erde Vorschläge gemacht hatten, | ein Team zusammen. | Wir werden für einige Zeit zu Forschungszwecken dort bleiben, | wenn es die Umstände erlauben. | Weil gerade ein neuer Space-Driver* entwickelt worden ist, | können wir damit dann zur nächsten Raumstation zurückfliegen. | Von dort kann man wichtige Instrumente anfordern, falls Forschungsgeräte fehlen. |

Als wir auf dem fremden Planeten gelandet sind, | werden wir von freundlichen Aliens empfangen. | Einige von uns begeben sich, | nachdem wir uns die typische Kleidung der Aliens besorgt haben, | in die nächste größere Stadt. Als wir dort ankommen, | sind wir über die Ruhe und die saubere Luft erstaunt. | Doch die Aliens fahren, wenn sie sich fortbewegen wollen, | mit solarbetriebenen Luftschiffen.

170 Wörter

* *auch:* Spacedriver

Konjunktionalsätze – vorangestellt, nachgestellt, eingeschoben

Das Komma trennt Haupt- und Nebensatz. Eine Form des Nebensatzes ist der Konjunktionalsatz (↑ S. 152–156).

Luther |

Als wir uns mit Luthers Leben befassten, haben wir festgestellt, | dass er ein ganz interessanter Mann war. | Luthers Eltern hatten ihren Sohn eigentlich zur Lateinschule geschickt, | damit er später einmal Jurist werden würde. | Weil ihr Sohn jedoch andere Interessen hatte, | entschloss er sich zum Studium der Theologie | und trat auch in ein Kloster ein. | Da Luther während seines Studiums erkannte, | dass vieles in der Kirche nicht in Ordnung war, | forderte er Veränderungen in der Kirche. |

Luther wurde berühmt, | nachdem 1517 seine Forderungen nach Veränderungen in der Kirche bekannt geworden waren. | Obwohl früher immer behauptet wurde, | dass Luther seine 95 Thesen an die Wittenberger Schlosskirche genagelt habe, | weiß man heute, dass seine Freunde sie ohne sein Wissen verbreitet haben. |

Einige Jahre später wurde Luther sogar aus der Kirche ausgeschlossen, | weil seine Ansichten als Irrlehre verurteilt worden waren. | Damit ihm jedoch niemand etwas antun würde, | ließ ihn sein Landesherr zum Schein entführen | und auf die Wartburg bringen. |

Dort verbrachte Luther so viel Zeit, | dass er die Bibel ins Deutsche übersetzt hat. | Weil nun alle Leute die Bibeltexte verstehen konnten, | stieß Luthers Bibelübersetzung auf großes Interesse.

184 Wörter

Ein spannendes Abenteuer |

Bevor ich zum Flughafen ging, rief ich dort an. | Damit ich auch alles Wichtige über den kleinen Hobbyflughafen erfahren würde, | verabredete ich mich mit der Leiterin des Flughafenvereins. |

Als ich am Freitagnachmittag ankam, | erteilte sie gerade einem kleinen Motorflugzeug die Starterlaubnis. | Da meldete der Pilot ein technisches Problem, | sodass er seinen Start verschieben musste. | Weil ich alles mitbekommen hatte, bot mir die Leiterin an, | mit mir zu dem Flugzeug zu gehen | und mir alles genau zu erklären. |

Nachdem wir dort angekommen waren, | durfte ich sogar auf dem Kopilotensitz Platz nehmen. | Während ein Techniker nach dem Fehler suchte, | erklärte mir die Leiterin die Schwierigkeiten beim Start und bei der Landung. |

Sie konnte alles sehr gut erläutern, | da sie selbst auch als Fluglehrerin arbeitete. | Wenn ich am Samstag Zeit hätte, | würde sie mich bei einer Flugstunde mitnehmen, | bot sie mir an. | Ich sagte sofort zu, weil ich damit den passenden Aufmacher für meinen Artikel hatte. |

Als ich am Samstag zum Flughafen kam, war ideales Wetter. | Die Leiterin war schon seit dem frühen Morgen da, | weil sie das Flugzeug noch aufgetankt und gewartet hatte. | Im kleinen Flugzeug über unsere Stadt zu fliegen, war ein beeindruckendes Erlebnis, | obwohl mir bei der Landung doch ganz schön übel war.

206 Wörter

8.4 Komma bei Relativsätzen

Nachgestellter Relativsatz

Das Komma trennt Haupt- und Nebensatz (↑ auch Konjunktionalsatz, S. 152–159). Nebensätze erkennt man an der Wortstellung. Die Personalform des Verbs steht am Ende des Satzes.
Nebensätze, die ein vorausgehendes Substantiv oder Pronomen genauer bestimmen, nennt man Relativsätze. Sie werden durch ein Komma abgetrennt. Relativsätze werden durch die Relativpronomen **der, die, das** bzw. deren deklinierte Formen eingeleitet. Manchmal steht noch eine Präposition davor *(der Baum, auf dem der Vogel sitzt).*

Die Burg |

Wenn man die Vorburg passiert hat, | gelangt man durch ein inneres Tor | in den Haupthof, der von wichtigen Gebäuden umgeben ist. | Seitlich des Burghofes erhebt sich ein großer Turm, | der „Bergfried“ genannt wird. |

Wenn die Feinde | schon die Außenanlagen der Burg erobert haben, | dann flüchten sich die Bewohner | in diesen Turm. | Damit er nicht so leicht eingenommen werden kann, | befindet sich der Zugang hierzu | in einigen Metern Höhe. | Der Turm ist nur über eine Brücke, | die man abwerfen kann, oder eine Leiter, | die man leicht einziehen kann, zu erreichen. |

Normalerweise spielt sich das Leben auf der Burg | im sogenannten* Palas ab, | in dem der Burgherr mit seiner Familie wohnt. | Im Erdgeschoss befindet sich hier die Küche | und darüber liegen, | damit man die Wärme des Kamins | aus der Küche ausnutzen kann, die Schlafräume. | Dass alle Räume auf einer Burg beheizt werden, | ist eher die Ausnahme. | Selbst im Sommer wird es in den Räumen, | die von dicken Mauern umgeben sind, | nicht richtig warm.

163 Wörter   * *auch:* so genannten

Die schönste Jahreszeit: der Winter |

Auf die Weihnachtsferien freue ich mich besonders. | Ich fahre mit meiner Mutter und meinem Freund Leo | zu einer Hütte, die wir für eine Woche gemietet haben. | Die Hütte, die auf einem Berg liegt, | ist nur mit einem Sessellift zu erreichen. |

An der nahe gelegenen Bergstation | können wir wie im letzten Jahr | an einem Skikurs* nur für Jugendliche teilnehmen. | Im letzten Jahr habe ich bei diesem Skikurs* | einen Jungen aus Hamburg kennengelernt*, | der vorher noch nie Ski* gelaufen war. | Doch durch den tollen Unterricht von Peter, | der unser Skilehrer* war, konnte auch er bald | die schwierigsten Pisten bewältigen, die es dort gab. | Nach nur drei Tagen, | die wie im Flug vergingen, | konnte er fast so gut Ski* laufen wie ich. |

Meine Mutter genießt mehr die Zeit nach dem Skilaufen*, | die sie zum Sonnenbaden nutzt. | Es gibt eine schöne Berghütte, | die den ganzen Tag in der Sonne liegt. | Dort gibt es Liegestühle, | die man für einige Stunden ausleihen kann. | Meistens legt sich meine Mutter schon am Vormittag dort hin | und genießt die Sonne. | Wenn sie sich nicht mit Sonnenmilch eincremt, bekommt sie einen starken Sonnenbrand, | der sie abends immer schmerzt.

193 Wörter

* *auch:* Schikurs · kennen gelernt · Schi · Schilehrer · Schi · Schilaufen

Eingeschobener Relativsatz

Nebensätze, die etwas Genaueres über ein vorausgehendes Substantiv oder Pronomen aussagen, nennt man Relativsätze. Sie werden durch die Relativpronomen **der, die, das** oder ihre gebeugten Formen eingeleitet (↑ S. 160). Relativsätze, die in einen anderen Satz eingeschoben werden, werden von Kommas eingeschlossen.

Wir entscheiden über eine Klassenfahrt |

Annika, die gerne Ski* fährt, | schlägt eine Fahrt nach Österreich vor. | Unser Lehrer, der grundsätzlich nichts dagegen hat, | weist aber darauf hin, | dass es nicht zu teuer werden darf. |

Leo, der Klassensprecher ist, schlägt deshalb vor, | im Sommer auf einen Campingplatz, | der in Holland liegt, zu fahren. | Die meisten Kinder aber sind dafür, | eine Radtour zu machen, | bei der man jeden Abend | in einer anderen Jugendherberge übernachtet, | und sie haben schon Informationen, | die das Deutsche Jugendherbergswerk | zur Verfügung stellt, besorgt. | Das wenige Gepäck, das man auf jeden Fall benötigt, | kann man gut in zwei Satteltaschen verstauen. |

Moritz befürchtet, dass sein altes Fahrrad, | das er schon von seinem Bruder geerbt hat, | nicht mehr gut genug ist. | Daraufhin schlägt Valerie vor, | dass man vor Beginn der Fahrt | alle Fahrräder, die kaputt sind, | gemeinsam reparieren könne. | Jeder solle dazu das Werkzeug, | das er habe, mitbringen. |

Fast alle sind mit diesem Vorschlag einverstanden, | und die Klasse, die sich schon auf die Klassenfahrt freut, | beschließt mit großer Mehrheit, | eine Radtour zu veranstalten.

172 Wörter

* *auch:* Schi

6. KLASSE

Das Schulfest |

Am nächsten Samstag sind alle Eltern, | deren Kinder unsere Schule besuchen, | zum Schulfest eingeladen. | Alle Klassen haben in der Projektwoche, | die kürzlich stattfand, unterschiedliche Dinge vorbereitet. |

Die Klassen der Jahrgangsstufe 5 | haben im Unterricht eine Modenschau vorbereitet, | in der sie Mode aus der Antike vorführen, | und einige kleine Sketche eingeübt. | Die sechsten Klassen, | die sich mit den Ländern der Europäischen Union beschäftigt haben, | stellen jeweils ein europäisches Land vor. | Sie haben entsprechende Lieder, | Getränke und Speisen vorbereitet. |

In den Räumen, die die Jahrgangsstufe 8 gestaltet hat, | finden Discos* statt. | Die Schüler der achten Klassen | haben die Klassenzimmer, die sonst eher langweilig aussehen, | mit buntem Papier und vielen Lichtern dekoriert. | Die Musik, die die Schüler, Lehrer und Eltern | zum Tanzen bewegen soll, | wird von einem eigens für das Schulfest engagierten DJ aufgelegt. | Die Schülerinnen und Schüler der Jahrgangsstufe 9 | haben Plakate erstellt, mit denen sie über ihr Praktikum informieren, | und sie haben auch die Männer und Frauen, | die sie während des Praktikums betreut haben, | zum Schulfest eingeladen.

168 Wörter

* *auch:* Diskos

Relativsätze – nachgestellt und eingeschoben

Die Regeln zum Relativsatz kannst du auf den Seiten 160 und 162 nachlesen. Mit den folgenden Diktaten kannst du die Kommasetzung bei Relativsätzen üben.

Pech gehabt |

Konrad, der eigentlich immer gute Laune hat, | wollte das Haus heute Morgen | am liebsten gar nicht mehr verlassen. | Alles fing damit an, dass sein Wecker, | der über Jahre hinweg nie Probleme gemacht hat, | nicht klingelte. | Zum Glück bemerkten seine Eltern, | dass Konrad am Frühstückstisch, | der wie jeden Morgen üppig gedeckt war, fehlte. | Sein Vater, der eine kräftige Stimme besitzt, | brüllte durch die Zimmertür: | „Aufstehen! Du hast verschlafen!“ | Vor lauter Schreck sprang Konrad aus dem Bett | und stieß sich den Kopf am Regal, | das über dem Bett hing. | Doch das war noch nicht alles. | Die Pflanze, die auf dem Regalboden stand, | fiel auf das Kopfkissen. | Überall lag Blumenerde, | die vom Gießen noch ganz nass war, verteilt. | Doch sein Vater musste so heftig lachen, | dass ihm die Tränen übers Gesicht liefen. | Die Beule am Kopf wurde immer größer | und Konrads Laune immer schlechter. | Zur Schule schaffte er es nicht mehr rechtzeitig. | Er verpasste die erste Stunde, | in der ein unangekündigter Test geschrieben wurde. | So hatte der kleine Unfall, der sich am Morgen ereignete, | noch etwas Gutes.

176 Wörter

Dr Zoch kütt |

Schon am Morgen beginnen die Menschen, | die den Zug anschauen wollen, am Straßenrand zu feiern. | Mit Bussen und Bahnen, die gut gefüllt waren, | sind sie aus der Umgebung angereist. | Aus Straßencafés und Kneipen hört man die Lieder, | die in diesem Jahr die Hits sind. | Überall singen und tanzen Menschen, | die einmal im Jahr ungezwungen feiern wollen. | Das ist der Rosenmontag in Köln. |

Gegen Mittag zieht dann der Zug, der mehrere Kilometer lang ist, | an den Menschen vorüber. | Dabei wechseln sich Tanzkapellen, Fußgruppen und Wagen ab, | von denen in großen Mengen Süßigkeiten und kleine Sträußchen geworfen werden. | Besonders die Kinder, die in der ersten Reihe stehen, | können dann hinterher eine gut gefüllte Tasche nach Hause* tragen. |

Wenn die Kapellen, die bekannte Karnevalslieder spielen, vorbeiziehen, | singen und schunkeln alle am Straßenrand mit. | Besonders beklatscht werden natürlich die Fußgruppen, | die originelle Kostüme tragen. | Einige Fußgruppen, die am Zug teilnehmen, | haben sich extra für dieses Ereignis zusammengetan. | Sie beginnen schon im Herbst | mit der Herstellung ihrer manchmal sehr aufwendigen* Kostüme, | die sie selbst nähen.

173 Wörter

*auch: nachhause · aufwändigen

Die erste Probe |

Als ich dann mit meinem Bruder, von dem ich schon einiges über den Chor erfahren hatte, | gemeinsam zur Probe kam, war ich ganz erstaunt, | dass wir uns erst einsingen mussten. | Komische Zischlaute, die zur Bildung unserer Stimme beitragen würden, | sollten wir aus dem Bauch heraus hervorbringen. | Zunächst einmal musste ich über die Sängerinnen und Sänger, | deren Konzentration man an ihren Gesichtern ablesen konnte, herzlich lachen. | Deshalb erklärte mir meine Nachbarin, der diese Übungen offensichtlich Spaß machten, | dass man nach diesem Einsingen wirklich besser singen könne. |

Ich habe mich dann gefreut, dass die beiden neuen Lieder, | die in dieser Probe einstudiert werden sollten, | tolle Melodien und einen eingängigen Rhythmus hatten. | An den Stellen, die ich schwierig zu singen fand, | habe ich mich am Anfang zurückgehalten. | Nach mehrmaligem Üben, das manchmal ganz schön nervig war, | habe ich mich dann jedoch getraut, laut mitzusingen. | Gut gefallen hat mir auch die Pause, | die leider nur eine Viertelstunde dauerte. | Ich habe viele Chormitglieder, die mich sofort ansprachen, kennengelernt*. | Eine, die in der nächsten Woche ihren Geburtstag feiern wollte, | hat mich sogar zu ihrer Party eingeladen.

182 Wörter

* *auch:* kennen gelernt

8.5 Komma bei indirekter Rede

Indirekte Rede – vorangestellter Begleitsatz

Bei der indirekten Rede wird das, was eine Person sagt oder denkt, von einer anderen Person oder von derselben Person, aber in einer anderen Situation – also indirekt – wiedergegeben. Zwischen dem vorangestellten Begleitsatz und der indirekten Rede steht ein Komma.

Ein weiblicher Fußballfan |

Emilia erzählte mir, dass sie neulich | bei einem Fußballspiel im Stadion gewesen sei. | Ich erwiderte dagegen, dass ich schon ein paarmal | eine VIP-Karte gehabt hätte. | Natürlich konnte ich deshalb damit prahlen, | sowohl von dem Präsidenten | als auch von dem Torwart der zweiten Mannschaft | ein Autogramm bekommen zu haben. |

Emilia konnte das nicht beeindrucken. | Sie entgegnete, dass dort bestimmt nicht so eine gute Stimmung geherrscht habe | wie in ihrem Block. | Sie gab zu, sich eigentlich nicht so sehr für Fußball zu interessieren. | Emilia fügte jedoch hinzu, | beim Elfmeterschießen auch den Atem angehalten zu haben. | Sie sagte sogar, | dass sie auch während der Verlängerung mitgezittert habe. |

Weil ich schon seit längerer Zeit | nicht mehr im Stadion gewesen war, | machte ich den Vorschlag, | demnächst zusammen ein Spiel zu besuchen. | Emilia sagte, dass sie noch ein paar Freundinnen und Freunde fragen werde, | ob sie mitkommen wollen. | Dabei fiel mir ein, | dass wir zusammen zum Pokalendspiel gehen könnten. | Emilia meinte, dass wir uns beeilen müssten, | um noch Karten zu bekommen.

168 Wörter

Indirekte Rede – nachgestellter Begleitsatz

Bei der indirekten Rede kann der Redebegleitsatz – wie bei der wörtlichen Rede – auch nachgestellt werden.

Ein neuer Schulhof |

In der Klasse 7c wird über unterschiedliche Gestaltungsmöglichkeiten diskutiert. | Einige Bäume sollten gepflanzt werden, schlägt Amelie vor. | Dass man darunter dann ein paar Bänke stellen könne, | fügt Leon mit einem verträumten Gesichtsausdruck hinzu. | Die Klasse könne diese im Werkunterricht sogar selbst bauen, | stellt Jana voller Tatendrang fest. |

Dass auch zwei Basketballkörbe aufgestellt werden sollten, | fordert Luca unter Zustimmung zahlreicher Jungen. | Außerdem solle in den Pausen eine Sportgeräteausleihe organisiert werden, | verlangt ein großer Teil der Klasse. | Dass wir uns für ein Streetballfeld stark machen könnten, meint Paul. | Vielleicht könne man am Schulhofrand | sogar eine Skatebahn einrichten, überlegt Maximilian laut. | Dann kämen wir bestimmt auch in unserer Freizeit | öfter hierher, unterstützt ihn Fatima. |

Dass sie gerne einen Schulgarten hätte, | erzählt Sophia mit leuchtenden Augen. | Dort könne man sicherlich auch einen Teich anlegen, schwärmt Philipp. | Die Klasse müsse dann natürlich die Patenschaft | für dieses Projekt übernehmen, erklärt Laura als Klassensprecherin. |

Zum Schluss schlägt die Klassenlehrerin vor, | alle Vorschläge in einem Entwurf festzuhalten und eine Beschreibung zu verfassen.

167 Wörter

Indirekte Rede – eingeschobener Begleitsatz

Der Redebegleitsatz kann in die indirekte Rede (↑ S. 167–168) eingeschoben werden. Er wird dann in Kommas eingeschlossen.

Ziele des Jugendparlaments |

Besonders wichtig sei ihm, erklärte Michael, | das Freizeitangebot für Jugendliche zu verbessern. | Konkret bedeute dies, meinte Murat, | neue, gut ausgestattete Jugendräume in allen Stadtteilen zu eröffnen. | Ihr läge, warf Paula bestimmend ein, | eine gute Skatebahn noch mehr am Herzen. |

Zunächst, sagte Maximilian vermittelnd, | könne jedes Mitglied Vorschläge machen. | Erst später, fügte er hinzu, | werde über die Dringlichkeit der Anträge abgestimmt. |

Die Ausbesserung und Erweiterung der Fahrradwege, forderte Fabian, | solle auch noch einmal im Stadtrat beraten werden. | Besonders die Radwege, auf denen jeden Morgen | viele Schülerinnen und Schüler zur Schule fahren, ergänzte Jakob, | müssten verbreitert werden. | Die Stadtranderholung in den Ferien, verlangte Dominik, | solle nicht aus Geldnöten eingestellt werden. | Das Jugendparlament, schlug Debora vor, könne sich ja auch um Sponsoren bemühen. | Außerdem, regte Hannah an, wäre es gut, | in der Stadtbibliothek ein Internetcafé einzurichten. | Und die Spielesammlung, schlug Julian vor, solle um CD-Spiele ergänzt werden. | Vielleicht, meinte Mara, könne die Stadt auch etwas für Kids, | die auf der Straße lebten, unternehmen.

163 Wörter

Indirekter Fragesatz – eingeleitet durch ein Fragewort

Bei indirekten Fragen, die mit einem Fragewort eingeleitet werden, steht zwischen dem Redebegleitsatz und der indirekten Frage ein Komma.

Der mittellose Dieb |

Bei Familie Schulenberg ist eingebrochen worden. | Die Polizei hat den Dieb gefasst | und hat Familie Schulenberg auf dem Revier | über den Stand der Dinge informiert. |

Als Frau Schulenberg von dem Erfolg der Polizei erfuhr, | überlegte sie erwartungsvoll, wie viel Geld der Dieb | jetzt an sie zahlen müsse. | Leider musste der Kommissar sie enttäuschen | und ihr mitteilen, | dass der Dieb bei seiner Festnahme gefragt habe, | von welchem Geld er etwas zurückzahlen solle. | Er habe schon alles ausgegeben. |

Daraufhin erkundigte sich Herr Schulenberg, | wer der Familie jetzt den Schaden ersetze. | Es komme darauf an, was für eine Versicherung er abgeschlossen habe, | antwortete der Kommissar darauf. | Was das denn für eine kuriose Gesetzgebung sei, | ereiferte sich Herr Schulenberg darauf. | Frau Schulenberg überlegte schnell, | welche Schadensfälle die Hausratversicherung abdecke. | Diebstahl bei offener Tür | war darin jedoch nicht eingeschlossen. |

Warum der Dieb denn nicht im Gefängnis arbeiten müsse, | fragte die Tochter in die Runde. | Welchen Beruf er erlernt habe, wollte sie wissen. | Ihr Bruder interessierte sich dafür, | welche Arbeitsmöglichkeiten es im Gefängnis gebe. | Wie lange der Dieb wohl brauche, fragte er den Kommissar, | um den Schaden zu ersetzen.

186 Wörter

Indirekter Fragesatz – eingeleitet durch ob

Wandelt man Fragen, bei denen die Personalform des Verbs am Anfang steht, in indirekte Fragen um, so werden diese durch **ob** eingeleitet. Zwischen der indirekten Frage und dem Begleitsatz steht ein Komma; ist die indirekte Frage eingeschoben, dann wird sie in Kommas eingeschlossen.

Sorgen eines Entdeckers |

Nach seinem ersten Landgang unterhält Kolumbus | sich mit einem der beiden Kapitäne, die ihn begleiten. |

Kolumbus fragt ihn, ob er erwartet hätte, | so freundlich aufgenommen zu werden. | Ob die Bemalung einiger Menschen | eine besondere Bedeutung habe, interessiert Kolumbus. | Die Frage, ob die Eingeborenen wirklich nur Speere besitzen, | treibt den Kapitän um. | Ob die Wunden einiger Männer | von Auseinandersetzungen der Eingeborenen untereinander | oder von Kämpfen mit wilden Tieren stammen, fragt Kolumbus. | Ob Kolumbus schon gefährliche Tiere gesehen habe, | fragt der Kapitän nach. | Kolumbus überlegt, ob sie einige Männer mitnehmen sollten. | Er fragt, ob man sie dem König vorführen solle. |

Kolumbus bringt das Gespräch darauf, | ob die Eingeborenen gute Christen werden. | Ob sie schnell die spanische Sprache lernen werden, | fragt der Kapitän neugierig. | Was er auch gerne erfahren möchte, ist, | ob die mitgereisten Missionare bald an Land gehen dürfen. | Kolumbus möchte gerne wissen, | ob die Eingeborenen Tempel für ihre eigenen Götter gebaut haben. | Ob sie bald Gewürze oder Gold geschenkt bekommen, | ist für den Kapitän eine wichtige Frage.

169 Wörter

Indirekter Fragesatz – eingeleitet durch ein Fragewort oder durch ob

Bei indirekten Fragen steht zwischen dem Redebegleitsatz und der indirekten Frage ein Komma (↑ S. 170 f.).

Landwirtschaft mal anders |

Weil meine Cousine* vom Bauernhof kommt | und später mal bei einer großen Saatgutfirma arbeiten möchte, | habe ich sie gefragt, ob ich sie über ihre Ausbildung | zur landwirtschaftlich-technischen Assistentin befragen könne. |

Ich stellte ihr die Frage, | welche Aufgaben zu ihrer Arbeit gehörten. | Sie antwortete mir gerne. | Allerdings war sie sich nicht sicher, | ob mir Schlagwörter wie Boden- und Düngemitteluntersuchungen | und Experimente in der Pflanzenproduktion etwas sagten. | Ich fragte nach, ob sie sowohl im Labor | als auch im Gewächshaus oder auf dem freien Feld arbeite. | Außerdem interessierte mich, | ob sie manchmal auch mit giftigen Stoffen zu tun habe. |

Natürlich erkundigte ich mich auch, | wie ihr die Arbeit im Labor gefalle. | Ich wollte genau wissen, ob es nicht manchmal schwierig sei, | die unterschiedlichen Apparaturen zu bedienen. | Meine Cousine* fragte zurück, | wann ich sie mal im Labor besuchen wolle. | Neugierig hakte ich nach, | ob sie mir dann auch ein Experiment vorführen könne. | Sie erkundigte sich, ob ich mit der Untersuchung von Milch auf die Schadstoffbelastung zufrieden sei. |

Zum Schluss fragte ich sie noch, | ob sie mir nicht eine neue Pflanze, | an deren Züchtung sie beteiligt ist, zeigen könne.

187 Wörter

* *auch:* Kusine · Kusine

8. KLASSE

8.6 Sonstige Kommaregeln

Infinitivgruppen, Teil 1

Bei Infinitivgruppen muss man in drei Fällen ein Komma setzen:

1. Die Infinitivgruppe wird mit **als, [an]statt, außer, ohne, um** eingeleitet. *(Er konnte nichts Besseres tun, als zu reiten.)*
2. Die Infinitivgruppe hängt von einem Substantiv ab. *(Er fasste den Entschluss, die Schule zu wechseln.)*
3. Die Infinitivgruppe wird durch ein hinweisendes Wort angekündigt oder wieder aufgenommen. *(Hier bin ich dafür, nicht abzustimmen. Sich mit den Regeln auseinanderzusetzen, das ist wichtig.)*

In allen anderen Fällen kann man ein Komma bei Infinitivgruppen setzen, muss es aber nicht tun.

Schulen ans Netz |

Im Fach „Neue Medien“ | versucht die Lehrerin gerade(,) | das neue Thema genau zu beschreiben. | Die Schülerinnen und Schüler scheinen heute | sehr unruhig zu sein. | Ole, ohne einen Moment nachzudenken, | fragt ständig bei seiner Nachbarin nach. | Julia beginnt sofort(,) | ihm alles leise zu erklären. | Aufgabe ist es, mithilfe der Informationen aus dem Internet | ein Referat zu einem selbst gewählten Thema zu erstellen. | Die Schülerinnen und Schüler sollen dabei auch lernen(,) | das Textverarbeitungsprogramm zu benutzen. | Hinterher sollen sie in der Lage sein, | selbstständig eine mehrseitige Arbeit zu schreiben. | Gerade diejenigen, die zu Hause keinen Computer haben, | brauchen keine Angst zu haben. | Sich selbst etwas zuzutrauen, das ist das Wichtigste. | Zum Ende der Reihe sollen die Schülerinnen und Schüler lernen(,) | ein Referat richtig vorzutragen. | Deshalb werden alle Eltern gebeten(,) | an einem Abend in die Schule zu kommen. | Ihre Söhne und Töchter werden dann einen zehnminütigen Vortrag halten. | Die Lehrerin hat allen Kindern gesagt, | dass es ganz normal ist, | bei diesem Vortrag aufgeregt zu sein.

164 Wörter

Exotischer Beruf |

Lucas Mutter ist Tierpflegerin im Zoo. | Schon morgens um 5:30 Uhr beginnt sie zu arbeiten. | Zuerst geht sie ins Tropenhaus, | um die Berieselungsanlage anzustellen. | Wie in den richtigen Tropen | beginnt es hier nun für ein paar Stunden zu regnen. | Die Tiere und auch die Pflanzen benötigen diesen Regen, | um zu überleben. | Für die Besucher ist es natürlich ein wenig unangenehm, | durch den Regen zu laufen. | Aber sie haben auch die Möglichkeit, | die Tiere in den Freilandgehegen zu besichtigen, | wenn es im Tropenhaus regnet. | Im Elefantenhaus hat Lucas Mutter nicht nur die Aufgabe, | die Elefanten zu füttern, | sie muss sie auch waschen. | Dabei scheinen sie sich richtig wohlzufühlen*. |

Wenn sie den Tieren zu fressen gegeben hat, | braucht sie ein wenig Zeit, | um sich um die kranken Tiere zu kümmern. | Ihre Aufgabe ist es dann, | den Tieren die entsprechende Medizin zu verabreichen.

143 Wörter

* *auch:* wohl zu fühlen

Infinitivgruppen, Teil 2

Die Regeln zur Kommasetzung bei Infinitivgruppen kannst du auf Seite 173 nachlesen. Zusätzlich kannst du dir merken: Bei Infinitivgruppen darf auch dann ein Komma stehen, wenn man die Gliederung des Satzes verdeutlichen möchte. *(Wir empfehlen, ihm zu folgen. Wir empfehlen ihm, zu folgen.)*

Fabians Mutter |

Fabians Mutter hat einen Bioladen. | Über diesen Laden aus Sicht der Kunden | mit einer Fotoreportage zu berichten, | das hatte Fabian sich vorgenommen, | weil er Freude am Fotografieren hat. |

Zu Hause entschließt sich Fabian(,) | die Fotos, die er gemacht hat, | auf eine große Plakatwand zu kleben. | Natürlich muss er noch weitere Informationen hinzufügen. | Denn seine Mutter hat auch viele Aufgaben, | die nicht so spannend sind, | um sie auf einem Foto festzuhalten. | Jeden Abend muss sie sich Zeit nehmen, | um die Bestellung für den übernächsten Tag festzulegen. | Dabei versucht sie auch immer(,) | auf besondere Wünsche einzelner Kundinnen und Kunden einzugehen. | Außerdem darf sie auch nicht vergessen(,) die Kasse zu überprüfen. | Die offenen Rechnungen zu überweisen, | das ist natürlich auch eine wichtige Aufgabe. | Als fortschrittliche Unternehmerin hat Fabians Mutter schon begonnen(,) | die Möglichkeiten des Onlinebankings zu nutzen. | So kann sie alle Rechnungen | bequem von ihrem Computer aus bezahlen | und braucht sich nicht | nach den Öffnungszeiten der Banken zu richten. | Um ihre Kundinnen und Kunden stets gut zu beraten, | hat Fabians Mutter sich dazu entschlossen, | mehrere Fachzeitschriften zu abonnieren. | Die Wirkung bestimmter Kräuter oder Tees genau zu kennen, | das ist ihr großes Interesse.

191 Wörter

Projektarbeit |

Die Schülervertretung hatte die Idee, | vor den Osterferien eine Projektwoche zu veranstalten. | Eine kleine Arbeitsgruppe kümmerte sich am ersten Tag darum, | möglichst viele gute Ideen zu sammeln. | Für alle Schülerinnen und Schüler ein geeignetes Projekt zu finden, | das war das Allerschwerste. | Auch geeignete Projektleiterinnen und -leiter zu finden(,) | war nicht ganz leicht. | Deshalb waren alle froh darüber, | dass sich eine pensionierte Lehrerin bereit erklärte(,) | bei der Organisation der Projekttage zu helfen. |

Am zweiten Tag begannen wir die Arbeit in der Turnhalle. | Wir sollten versuchen(,) einen Erlebnislauf, | den unsere Sportlehrerinnen aufgebaut hatten, | mit verbundenen Augen zu überwinden. | Natürlich standen die Mitschülerinnen und Mitschüler bereit, | um uns zu helfen, wenn wir in Not gerieten. | Plötzlich lernten alle(,) sich ganz vorsichtig zu bewegen. |

Am dritten Tag bekamen wir Besuch von Frauen und Männern, | die über ihren Beruf berichteten. | Besonders die Mädchen freuten sich(,) | mit Frauen in typischen Männerberufen zu sprechen. | Frauen, die ihren Weg als Schlosserin oder Schreinerin gegangen sind, zu sehen, | das machte den Mädchen Mut. | Eine Handwerksmeisterin ermunterte die Mädchen(,) | sich für einen Praktikumsplatz im nächsten Jahr zu bewerben. | Die Jungen hatten die Möglichkeit, | sich mit einem ehemaligen Beamten zu unterhalten, | der seinen sicheren Arbeitsplatz aufgegeben hatte | und jetzt als Immobilienmakler tätig war. | Außerdem sprachen sie mit einem Hausmann, | dem es viel Freude bereitete, für seine Kinder da zu sein.

220 Wörter

Apposition

Erklärungen, die in Form eines Nachsatzes (nachgestellter Beisatz oder Apposition) geliefert werden, trennt man mit einem Komma vom Hauptsatz ab. Eingeschobene Zusätze werden von Kommas eingeschlossen. *(Das ist Kirsten, meine Freundin. Johannes Gutenberg, der Erfinder der Buchdruckkunst, wurde in Mainz geboren.)*

Im Aquadrom |

Am Wochenende gehen meine Eltern manchmal gemeinsam mit mir | und meinen Schwestern, Nele und Julia, ins Schwimmbad. | Während sie mit Nele, der Kleinsten, ins Babybecken gehen, | dürfen Julia und ich allein ins Wellenbecken. | Julia und ich können, als Besitzerinnen mehrerer Schwimmabzeichen, | schon sehr gut schwimmen. | Julia kann besonders gut kraulen, | während ich schneller im Rückenschwimmen bin. | Auch im Tauchen, sowohl im Ausdauer- als auch im Tieftauchen, | sind wir beide geübt. |

Mein Vater entspannt sich gerne im Dampfbad, | einem Raum mit heißem Wasserdampf. | Dort trifft er auch manchmal Bekannte, Nachbarn und Arbeitskollegen. | Meine Mutter legt sich gerne mal ins Solarium. | Vorher cremt sie ihren ganzen Körper ein, | besonders die Augen und die Nase, um dort keinen Sonnenbrand zu bekommen. | Wenn wir Hunger haben, setzen wir uns ins Aquarestaurant. | Jede darf sich dann ein Getränk und einen kleinen Imbiss bestellen, | zum Beispiel eine Cola und eine Portion Pommes. | Meine Eltern trinken lieber heiße Getränke, | meine Mutter am liebsten Tee | und mein Vater Kaffee mit Milch und Zucker, | und essen einen Salat.

171 Wörter

Kommasetzung gemischt

Regeln zur Kommasetzung findest du von Seite 148 bis Seite 177. Mit dem folgenden Diktat kannst du die Kommasetzung üben. Die Regeln zur Zeichensetzung bei wörtlicher Rede kannst du ab Seite 180 nachlesen.

Start in den April |

Wie der April eingeläutet wird, wisst ihr bestimmt. | Man kann keinem vertrauen, denn es darf geschwindelt werden, | bis sich die Balken biegen. | Leider hatte ich in diesem Jahr den Kalender nicht im Blick. | Dass ich es verpasst hatte, mir einen Aprilscherz für meine Eltern auszudenken, | war zwar schade, aber es kam noch schlimmer. |

Vor Schulbeginn erhielt ich eine Nachricht, in der ich daran erinnert wurde, | mein Haustier mit in den Biologieunterricht zu bringen. | Ich hätte eigentlich skeptisch werden müssen, | weil ich bis jetzt noch nie eine Aufgabe vergessen habe. | Ich dachte, dass Tom, unser Klassensprecher, | schon recht haben* wird. | Immerhin behandelten wir zu diesem Zeitpunkt | sowohl heimische als auch exotische Tierarten. | Schnell schnappte ich mein Terrarium, | das sich zum Glück gut transportieren lässt, | und rannte zur Straßenbahn. | Herr Hering, der älteste Biologielehrer der Schule, | traute seinen Augen kaum, | als ich mit meiner Vogelspinne Henriette den Raum betrat. | Henriette auf Toms Hand abzusetzen(,) | konnte ich mir in der Pause nicht verkneifen. | Jetzt habe ich ein Jahr Zeit, um mir einen Aprilscherz zu überlegen.

176 Wörter

* *auch:* Recht haben

Vulkane |

Es gibt heute auf der Erde mehr als 600 aktive Vulkane, | d. h. Vulkane, die noch tätig sind. | Sie sind der Beweis dafür, | dass wir nicht auf einer ruhigen Erdkugel leben, | sondern dass es unter unseren Füßen nur so brodelt. | Allerdings sind die Vulkane nicht gleichmäßig über die Erde verteilt, | sondern es gibt Gebiete, | wo es nahezu keinen Vulkanismus gibt, | und andere, in denen sich die Feuer speienden* Berge geradezu häufen. | Letzteres gilt vor allem für die Zone rings um den Pazifischen Ozean, | die deswegen auch „Pazifischer Feuerring" genannt wird. | Aber auch in den Weltmeeren selbst gibt es vulkanische Tätigkeit: | Mitten durch die Ozeane ziehen sich hohe untermeerische Gebirgsrücken, | die viele Tausend* Kilometer lang | und zwei- bis dreitausend Meter hoch sind. | Sie alle haben an ihren Spitzen tiefe Spalten, | die bis in tiefere Regionen der Erde hinunterreichen. |

Dort unten, und zwar manchmal schon ab einer Tiefe von wenigen Kilometern, | manchmal aber erst ab 50 Kilometern, | ist die Temperatur der Erde so hoch, | nämlich über 700 Grad Celsius, | dass das Gestein geschmolzen ist. | Diese zähflüssige Masse, von den Wissenschaftlern „Magma" genannt, | enthält oft viel Gas | und sie steht deswegen unter einem sehr hohen Druck. | Wenn nun in der darüberliegenden Erdkruste Risse oder breite Spalten entstehen, | was immer wieder vorkommt, | kann das heiße, gasreiche Magma nach oben steigen | und es kommt zu einem Vulkanausbruch: | Schlackenfetzen, Gesteinsbrocken und Asche werden in die Luft geschleudert | und fallen wieder zur Erde zurück. | Rot oder gelb glühendes, flüssiges Gestein, | das nach seinem Austritt nicht mehr „Magma", | sondern „Lava" genannt wird, | fließt aus der Spalte. | Alle diese Förderprodukte bauen langsam einen Vulkankegel auf, | der mit jedem neuen Ausbruch höher wird.

273 Wörter **auch:* feuerspeienden · tausend

8.7 Zeichensetzung bei wörtlicher Rede

Aussagesatz mit vorangestelltem Begleitsatz

Bei der wörtlichen Rede steht das, was gesagt wird, in **Anführungszeichen**. Aus dem Begleitsatz erfährt man, wer etwas sagt.
Wird der Begleitsatz vorangestellt, wird er durch einen **Doppelpunkt** abgeschlossen.

Erdbeben |

Die Klassenlehrerin erklärt den Schülerinnen und Schülern | die Entstehung von Erdbeben: | „Bestimmt habt ihr schon einmal davon gehört, | dass sich in einer Stadt oder einem Land | plötzlich die Erde schüttelt."

Sie erklärt alles ganz anschaulich: | „Häuser stürzen zusammen. | Wasser-, Gas- und Stromleitungen zerreißen. | In wenigen Sekunden verwandelt sich | alles in ein Trümmerfeld." |

Selim erklärt: | „In meiner Heimat, der Türkei, | sind dabei schon viele Menschen | verletzt worden oder gestorben, | zum Glück gibt es auch viele, | die den Not leidenden* Menschen helfen." | Lea sagt: | „Gegen ein solches Erdbeben können sich | die Menschen nicht schützen." | Paul fügt hinzu: | „Die Vulkanausbrüche zeigen, | dass unsere Erde seit ihrer Entstehung | noch lange nicht zur Ruhe gekommen ist." |

Nina erklärt: | „Manchmal kommt es | durch Vulkanausbrüche zu Erdbeben." | Aber Lukas weiß: | „Am häufigsten sind die Erdbeben, | die dadurch entstehen, | dass tief unter der Erde | die unterschiedlichen Platten zusammenstoßen."

141 Wörter

* *auch:* notleidenden

Aussagesatz mit nachgestelltem Begleitsatz

Steht der Begleitsatz nach der wörtlichen Rede, setzt man nach dem schließenden Anführungszeichen ein **Komma.** Innerhalb der wörtlichen Rede setzt man bei einfachen Aussagesätzen dann keinen **Punkt.**

Kamel und Ameise |

Es war einmal ein Kamel, | das durch den Wüstensand stapfte. | An einer Oase | traf es auf eine Ameise, | die Halme trug, | die viel größer und schwerer waren als sie selbst. |

„Du hast aber eine unglaubliche Ausdauer“, | sagte es. | „Die Dinge, die du trägst, | sind viel größer und schwerer als du selbst“, | stellte das Kamel fest. | „Und dennoch trägst du sie | mit Freude und Lust. | Mir werden die Kästen, | die man mir auflädt, | oft viel zu schwer“, | bemerkte das Kamel. |

„Das ist ganz einfach, | du großes Kamel“, begann die Ameise. | „Du arbeitest für deinen Herrn, | ich aber arbeite für mich“, | erklärte sie ihm, | packte ihre Halme und lief weiter.

111 Wörter

Frage- und Aufforderungssatz mit vorangestelltem Begleitsatz

Frage- und Ausrufezeichen stehen vor dem schließenden Anführungszeichen, wenn sie zum wörtlich wiedergegebenen Text gehören. Steht der wörtlich wiedergegebene Text nach dem Begleitsatz, dann steht nach dem schließenden Anführungszeichen kein **Punkt** mehr.

Anna und Paulina |

Als Anna gestern ihre Freundin Paulina | auf der Straße traf, | fragte sie sie: | „Stimmt es, dass du vor vierzehn Tagen | in Monte Carlo 100 000 Euro | beim Pferderennen gewonnen hast**?**“ | Paulina antwortete: „Ja, das stimmt, | aber es war nicht beim Pferderennen, | sondern beim Roulette**!**“ |

Anna erwiderte: | „Das finde ich aber klasse, | herzlichen Glückwunsch**!**“ | Paulina, die sehr genau wusste, | wie neidisch ihre Freundin Anna sonst immer war, | sagte: „Danke! Aber es war nicht in Monte Carlo, | sondern in Westerland! | Und dann waren es auch nicht 100 000 Euro, | sondern 100 Euro.“ |

Anna, die ihre heimliche Freude kaum verstecken konnte, | sagte zu Paulina: | „Na, das ist aber auch ganz schön**!**“ | Paulina entgegnete: | „Das finde ich aber auch! | Und dann habe ich sie nicht gewonnen, | sondern verloren, | aber sonst stimmts***!**“

128 Wörter

* *auch:* stimmt's

Frage- und Aufforderungssatz mit nachgestelltem Begleitsatz

Wenn der Begleitsatz nach der wörtlichen Rede steht, setzt man ein **Komma** nach dem schließenden Anführungszeichen. **Ausrufezeichen** und **Fragezeichen** bleiben in der wörtlichen Rede erhalten.

Der Austausch |

„Gehen wir heute Nachmittag ins Kino?“, | fragt Leni ihre französische Austauschschülerin Louise | auf dem Heimweg von der Schule. | „Welchen Film möchtest du denn sehen?“, | fragt Louise nach. | „Am liebsten würde | ich den neuen Star-Wars-Film anschauen“, sagt Leni. | „In den Film gehe ich nicht, | der ist mir zu brutal!“, erklärt Louise ihr. |

„Hast du Lust, | mit mir gemeinsam einen Urlaub zu verbringen?“, | fragt Louise ihre Freundin Leni. | „Ja, gerne, das ist eine tolle Idee!“, | sagt Leni begeistert. „Wo sollen wir denn hinfahren?“, fragt sie nach. | „Was hältst du vom Elsass?“, schlägt Louise vor. | „Das ist ein guter Vorschlag!“, bekräftigt Leni. | „Können meine Eltern dort auch Deutsch sprechen, | wenn ihnen die französischen Worte nicht mehr einfallen?“, | erkundigt sie sich. | „Aber sicher! Das Elsass gehörte | ja mal zu Deutschland. | Deswegen sprechen dort noch viele Deutsch“, erklärt sie Leni. | „Glaubst du, dass sich unsere Eltern verstehen, | wenn sie sich sehen?“, | fragt Louise ein wenig unsicher. | „Auf jeden Fall!“, sagt Leni.

158 Wörter

Frage- und Aufforderungssatz mit voran- und nachgestelltem Begleitsatz

Die Regeln zur Zeichensetzung bei voran- und nachgestelltem Begleitsatz findest du auf den Seiten 180 bis 183. Mit diesem Diktat kannst du sie üben.

Nachgefragt |

„Wollen wir eine Schülerzeitung gründen?", fragte Marie | ihre Klassenkameraden in der Mittagspause. | „Das ist eine tolle Idee!", rief Jonas | und sprang von seinem Stuhl auf. | Er nahm Stift und Zettel in die Hand | und sagte: „Sammeln wir Vorschläge! | Welche Themen könnten interessant sein?" | „Wie wäre es, wenn wir Lehrer interviewen?", schlug Emilia vor. | Die Klasse antwortete einstimmig: „Auf jeden Fall!" | Jonas schnipste mit den Fingern und ergänzte: | „Herr Schwarzmüller würde sich bestimmt für uns Zeit nehmen. | Was meint ihr?" |

Emilia konnte Herrn Schwarzmüller tatsächlich | als Interviewpartner gewinnen. | Ein wenig aufgeregt formulierte sie die erste Frage: | „Vermissen Sie die Schule in den Ferien?" | „Aber natürlich! | Ohne euch ist es manchmal ganz schön langweilig!(.)", | erwiderte er mit einem breiten Grinsen. | Zum Abschluss wollte Emilia die Kreativität ihres Lehrers testen: | „Zeichnen Sie sich innerhalb von 30 Sekunden selbst! | Die Zeit läuft ab jetzt!" | Da Herr Schwarzkopf kein Kunstlehrer ist, | fiel ihm diese Aufgabe besonders schwer. | „Kannst du mich erkennen?", fragte er. | „Nur mit ganz viel Fantasie!", lachte Emilia.

166 Wörter

Wörtliche Rede mit eingeschobenem Begleitsatz

Ist der Begleitsatz in die wörtliche Rede eingeschoben, wird er mit Kommas eingeschlossen. *(„Mir scheint“, sagte der Förster, „es gibt gleich ein Gewitter.“)*

Die Taube und die Ameise |

An einem heißen Sommertag | flog eine durstige Taube an einen Bach, | tauchte den Schnabel in das klare Wasser und trank. | Doch plötzlich sah sie, | wie sich eine Ameise verzweifelt bemühte(,) | wieder an Land zu paddeln. | „Einen Moment“, sagte die Taube, | „ich helfe dir.“ | Sie knickte einen langen Grashalm ab | und warf ihn der Ameise zu. | Flink kletterte diese auf den Halm | und krabbelte an Land. | „Mir scheint“, sagte sich die Taube, | „ich habe mir ein Schläfchen verdient.“ | Zufrieden legte sie sich | auf einen dicken Ast nahe am Bach. |

Da kam ein junger Bursche | mit Pfeil und Bogen daher. | Als er die Taube erblickte, | blitzten seine Augen auf. | „Gebratene Tauben“, lachte er, | „sind meine Lieblingsspeise.“ | Siegesgewiss spannte er seinen Bogen. | Erbost über dieses unerhörte Vorhaben | kroch die Ameise auf seinen Fuß | und zwickte ihn voller Zorn. | „Da siehst du“, zischte sie, | „was du davon hast.“ | Der Taugenichts zuckte zusammen | und schlug nach ihr. | Das klatschende Geräusch schreckte die Taube | aus ihren Träumen auf. | Eilig flog sie davon. | „Zum Glück“, dachte die Ameise, | „konnte ich meiner Retterin noch danken.“ | Aus Freude darüber biss sie noch einmal kräftig zu | und kroch dann wohlgelaunt* in einen Maulwurfshügel.

(Nach Jean de La Fontaine: Fabeln)

198 Wörter

* *auch:* wohl gelaunt

Wörtliche Rede auf einen Blick

Die Regeln zur Zeichensetzung bei wörtlicher Rede findest auf den Seiten 180 bis 185.

Der etwas andere Urlaub |

„Ich kann nicht mehr laufen. | Bleibt sofort stehen!“, maulte Ole, | während er sich die Schweißperlen | von der Stirn wischte. | Seine Eltern schüttelten den Kopf: | „Jetzt stell dich mal nicht so an! | Du bist doch sonst auch fit wie ein Turnschuh.“ | „Wer von euch beiden“, schnaufte er, | „ist auf die Idee gekommen, | die Alpen zu Fuß zu überqueren?“ | Seine Schwester Lina schaltete sich ein: | „Mein Wunsch war ein Strandurlaub ohne Sportprogramm.“ | „Wenn ihr euch an das Wandern gewöhnt habt“, | beschwichtigten die Eltern, | „wollt ihr gar nicht mehr nach Hause.“ | Ole und Lina rollten mit den Augen | und antworteten gleichzeitig: „Ganz bestimmt!“ | Schweigend kletterten sie immer höher. | „Seht ihr das?“, rief Ole aufgeregt. | „Unser Hotel“, stellte er fest, | „ist kaum noch zu erkennen.“ | Zufrieden verkündete sein Vater: „Warte ab, | bis wir auf dem Gipfel angekommen sind!“ | Nur Lina war noch nicht ganz überzeugt: | „Ich bin froh, wenn ich in der Hütte | meine Füße hochlegen kann.“ | „In spätestens zwei Stunden bist du | genauso begeistert wie ich“, versicherte Ole.

169 Wörter

8. KLASSE

Im Freizeitpark

„In einen Freizeitpark zu fahren, war auf jeden Fall die richtige Entscheidung“, sagte Rebecca zu ihrer Nachbarin im Bus. „Besonders bei diesem guten Wetter!“, bekräftigte diese. Emre fragte: „Was machen wir denn zuerst?“

Moritz war ganz erstaunt: „Warst du denn noch nie hier?“ „Das Tollste hier“, erklärte er sofort, „ist die Wildwasserbahn.“ „Damit man dort nicht so lange anstehen muss“, schaltete sich Lena ein, „sollte man morgens dorthin gehen.“ Sie fügte hinzu: „Dann sind noch nicht so viele Besucher im Park.“

„Ich möchte als Erstes in die Delfinshow*“, sagte Marvin. Philipp stimmte ihm zu: „Es ist wirklich beeindruckend, was diese Tiere alles können.“
„Eine Fahrt mit der Geisterbahn“, schlug Paula vor, „sollten wir aber auch machen.“ „Die Effekte sind manchmal so gruselig*, dass ich mich wirklich erschrecke“, gab Moritz ehrlich zu. Alina tat ganz cool: „Also ich finde das kindisch. Ich werde auf jeden Fall zur Gokartbahn gehen und dort über die Piste jagen“, verkündete sie, auf Bewunderung hoffend.

Jonas dachte nur ans Essen: „Gibt es hier denn auch ein vernünftiges Hamburgerrestaurant?“ „Na klar!“, sagte Sarah, die ihn sofort begleiten wollte.

183 Wörter

* *auch:* Delphinshow · gruslig

Anführungszeichen bei Zitaten

Zitate sind Teile aus anderen Texten. Wenn man wörtliche Übernahmen aus geschriebenen oder gesprochenen Texten schreibt, muss man dies mit Anführungszeichen kenntlich machen. Das Zitat selbst darf dabei nicht verändert werden.
Hinweis: Die wörtlichen Übernahmen werden hier mit „Zitat Anfang" und „Zitat Ende" diktiert.

Das Interview |

Aylin hat mit dem neuen Lehrer an der Schule ein Interview geführt, | das sie zusammengefasst hat: |

Herr Schuster sitzt mir in unserer Cafeteria gegenüber und isst, | „um etwas für seine Figur zu tun", genüsslich ein Stück Bienenstich. | Auf den ersten Blick sollte man gar nicht meinen, | dass dieser entspannt wirkende Mann | nach eigenen Angaben „meistens eher Hummeln im Hintern" hat. | Neben seiner normalen Lehrertätigkeit leitet er noch die Theater-AG | und organisiert für die Schülerinnen und Schüler Fahrten zu „guten Theaterinszenierungen" in der Umgebung. | Am Wochenende pfeift er als Schiedsrichter Bezirksligaspiele | und lernt dabei, wie er selbst sagt, | „die schönsten Ecken unserer Region kennen". | Außerdem spielt er in einer Kabarettgruppe, | die „sich hauptsächlich aus Freude am gemeinsamen Spielen" zusammengefunden hat. | Vielleicht können wir ihn ja demnächst auch einmal in unserer Schule | in seiner „Paraderolle als Wolfgang-Petri-Imitator" bewundern. | An der Schule gefallen ihm besonders die Klassenfahrten in Freizeitparks, | „weil dort alle Kids zufrieden sind". | Seinen Urlaub verbringt der gebürtige Sauerländer | am liebsten mit „ausgedehnten Bergtouren in schwindelnden Höhen".

168 Wörter

8.8 Zeichensetzung gemischt

Die verschiedenen Satzzeichen

Mit den folgenden Diktaten kannst du noch einmal alle Satzzeichen, die in Kapitel 8 behandelt wurden, wiederholen (↑ S. 144–188).
Denke daran: Es werden keine Satzzeichen diktiert.

Teddys als Astronauten |

Vier Teddybären wurden von einer britischen Universität | mit Gasballons auf eine Flugreise in große Höhen geschickt, | nachdem man sie hierfür mit Kameras, Peilgeräten | und Computern ausgestattet hatte. | So schwebten die Kuscheltiere | rund 30 Kilometer hoch über die Erde, | wo extreme Minustemperaturen herrschen. |

Die Raumanzüge, die sie trugen, | hatten Schüler im Rahmen eines Forschungsprojekts entworfen. | Man wollte herausfinden, welcher der vier Anzüge | die Bären am besten vor der extremen Kälte schützt. | „Wir unternehmen solche Forschungsversuche, | um Schüler bereits zu Schulzeiten an der Weltraumforschung zu beteiligen“, | sagte ein Vertreter der Uni. |

Ob die Vier heil zurückkamen? | Noch am selben Tag landeten sie wieder wohlbehalten auf der Erde, | allerdings knapp 20 Kilometer vom Startpunkt entfernt. | Das Forscherteam, das ihren Flug mit GPS-Sendern verfolgt hatte, | war mächtig stolz!

126 Wörter

Arbeit in früherer Zeit |

Schon die Römer scheinen viele Berufe gekannt zu haben. | Sowohl antike Berichte als auch Wandmalereien und Ausgrabungen helfen dabei, | Erkenntnisse hierüber zu gewinnen. | In Pompeji ist es Wissenschaftlern gelungen, | eine Bäckerei mit Mühle auszugraben. | Dort hatten Sklaven die Aufgabe, | das Getreide zu mahlen. | Mit Holzbalken, die in schwere Mahlsteine gesteckt wurden, | mussten sie die Drehmühlen bewegen. | Zahlreiche Sklaven hatten das Los, | solch monotone Arbeiten ihr Leben lang zu verrichten. |

Auch während des gesamten Mittelalters | waren es die Menschen gewohnt, | mit den Händen viele einfache Tätigkeiten auszuführen, | für die wir heute Maschinen einsetzen.

96 Wörter

Was wäre, wenn ... |

Was wäre, wenn du einmal | mit deiner Mutter die Rollen tauschen würdest? | Stell dir das einmal vor! |

Morgens musst du deine Mutter wecken, | die natürlich immer noch im Bett liegt. | „Nur noch fünf Minuten!“, | bettelt die Schlafmütze. |

Dann bereitest du das Frühstück, | streichst die Pausenbrote | und rufst noch schnell den Handwerker an. | Auf dem Weg zur Arbeit hältst du beim Supermarkt, | um Salat, Kartoffeln und andere Lebensmittel einzukaufen. | Inzwischen sitzt deine Mutter in der Schule, | flüstert mit ihrer Sitznachbarin | und brütet über der Englischarbeit. | Wenn sie dann mit schlechter Laune nach Hause* kommt, | erwartet sie von dir ein leckeres Essen. | Weil sie keine Lust hat, ihren Hund auszuführen, | musst du das wieder einmal tun. |

Nachmittags und abends hast du ein volles Programm: | aufräumen, putzen und zum Elternabend gehen. | Na, wie fändest du das?

136 Wörter

auch: nachhause

Schlüssel zum Erfolg |

Viele sprechen von Schlüsselqualifikationen, | die während der Schul- und Ausbildungszeit erworben werden sollen. | Dazu gehören zum Beispiel Selbstständigkeit* und Eigeninitiative. |

„Kann man Eigeninitiative lernen?“, | mögen sich manche fragen. | Fachleute bejahen dies, betonen aber, | dass Jugendliche dazu auch Gelegenheit erhalten müssen. | Wird nur nach Anweisung gearbeitet, | kann Eigeninitiative nicht entwickelt werden. | Dazu ist es vielmehr erforderlich, | dass Jugendlichen auch Verantwortung übertragen wird | und sie im Team mit anderen die Möglichkeit erhalten, | Probleme zu verstehen, anzupacken und zielgerichtet zu lösen. |

„Letztes Jahr haben wir in Projektgruppen eine Klassenfahrt | und ein Sportfest organisiert“, | berichten die Schüler einer achten* Klasse. | „Dabei haben wir allerhand Schlüsselqualifikationen unter Beweis gestellt.“

107 Wörter *auch: Selbständigkeit · 8. Klasse

Die Radtour |

Weil wir für die erste Etappe nur knapp 50 Kilometer eingeplant hatten, | sind wir am ersten Tag erst gegen Mittag aufgebrochen. | Strahlend blauer Himmel, ein leichter kühlender Wind und unsere gute Laune | motivierten uns(,) kräftig in die Pedale zu treten. | So erreichten wir viel schneller als geplant unseren ersten Campingplatz, | auf dem wir einen schönen Stellplatz bekamen. |

Natürlich waren wir im Zeltaufbauen noch nicht so geübt, | sodass wir relativ lange benötigten. | Danach haben wir uns gegenseitig, | ohne unsere Radkleidung auszuziehen, | in den Swimmingpool geworfen. | Am Abend haben wir auf unseren Kochstellen Nudeln gekocht, | bevor wir uns noch in einer nahe gelegenen* Disco* vergnügt haben. |

Natürlich sind wir am nächsten Morgen trotzdem früh aufgestanden, | damit wir unsere Tagesetappe bewältigen konnten. | Lea schien von unserem Discobesuch* noch ein wenig angeschlagen zu sein. | Hast du schon mal eine Schlafwandlerin auf einem Fahrrad gesehen? |

Erst in der Mittagspause begann sie(,) | sich langsam zu erholen. | Am Abend haben wir es dann zum ersten Mal gewagt, | frischen, gut gewürzten Fisch zu grillen. | Eine wahre Delikatesse! | Da einige von uns schon ihren ersten Muskelkater hatten, | haben wir uns am nächsten Tag ausgeruht.

187 Wörter

*auch: nahegelegenen · Disko · Diskobesuch

Freizeitpark oder Städtetour? |

„Sollten wir nicht unsere nächste Klassenfahrt planen?“, | fragte unsere Klassensprecherin in der letzten großen Pause. | Lisa war sofort Feuer und Flamme: | „Ich würde gerne in einen Freizeitpark fahren.“ | „Aber eine schöne Städtetour“, | versuchte Maximilian die anderen zu überzeugen, | „kann auch sehr interessant sein.“ | „Immer diese Bildungstrips!“, stöhnte Sophia. |

In der nächsten Stunde hatten wir bei unserem Klassenlehrer Geschichte. | „Ihr habt euch anscheinend schon auf zwei Alternativen geeinigt“, | stellte er zufrieden fest. | „Dann brauchen wir ja nur noch abzustimmen.“ | „Moment mal“, warf Fabian ein, | „so schnell geht es aber nun doch nicht!“ | Sarah unterstützte ihn und fragte: | „Können wir nicht erst noch einmal die Argumente nennen?“ | „In einem Freizeitpark“, warf Lisa sofort werbend ein, | „kann jeder machen, wozu er Lust hat.“ | „Willst du einen Ausflug mit der ganzen Klassen machen(,) | oder möchtest du mit uns gar nichts zu tun haben?“, | hielt Julia dagegen. | Tim ergänzte: „Bei einer Städtetour | könnten wir natürlich auch noch einkaufen.“ | „Außerdem ist es ja auch ein Schulausflug“, | versuchte Maximilian noch einmal sein Glück, | „da können wir ruhig mal eine gute Stadt- oder Museumsführung machen.(!)“ | „Streber!“, erklang es gleichzeitig aus mehreren Ecken.

187 Wörter

Hosenkauf |

Tobias ist in den letzten Wochen ziemlich gewachsen. | Keine Hose im Kleiderschrank passt mehr. | Seine Mutter hat frei und meint: | „Da müssen wir wohl eine neue Hose kaufen. | Ich weiß, wo du bestimmt etwas finden wirst.“ | Zu Fuß machen sie sich auf den Weg in die Innenstadt. | Schon im Schaufenster entdeckt Tobias eine Jeans, die ihm gut gefallen würde. | In der Kabine probiert er eine Hose nach der anderen an. | „Wie viele Stücke soll ich dir denn noch reichen? | Passt denn immer noch keine Hose?“, fragt seine Mutter ungeduldig. | Tobias kann sich nicht gleich entscheiden. | Ausgerechnet die Jeans aus dem Schaufenster | ist nicht mehr in seiner Größe da. | „Diese Hose passt am besten“, findet seine Mutter(,)| und Tobias fragt, ob er sie gleich anbehalten darf. | Zufrieden verlassen die beiden den Laden. | Zu Hause* meint Tobias: | „Herrje, wir haben meine alte Hose im Geschäft vergessen!“

145 Wörter

*auch: zuhause

9 Phänomene gemischt

Groß- und Kleinschreibung

Mein Lieblingsplatz |

Beim Nachdenken lasse ich mich ungern stören. | Die Suche nach einem gemütlichen Rückzugsort | war mir deshalb wichtig. | An meinem Plätzchen auf dem Dachboden | kann ich meine Gedanken | in Ruhe schweifen lassen | oder wichtige Entscheidungen treffen. | Dies ist auch der richtige Ort zum Briefeschreiben. | Am liebsten komme ich aber zum Lesen hierher. | Doch das ist mein Geheimnis. | Die Einrichtung besteht aus einigen alten Kissen, | die ich beim Plündern | unseres Kellerschranks gefunden habe | und deren Verschwinden niemandem aufgefallen ist.

79 Wörter

In der Stadtbücherei |

Unsere Bücherei ist montags bis freitags zwischen 10 und 13 Uhr | und nachmittags von 15 bis 18 Uhr geöffnet. | Jeden Freitag um 16 Uhr | liest jemand Geschichten für Kinder vor. | Ab und zu finden auch Lesungen | für Erwachsene am Abend statt. | Am vollsten ist es immer beim großen Bücherflohmarkt, | der zweimal im Jahr veranstaltet wird, | dann kommen die Leute | schon morgens in Scharen ins Haus. | Für Schulklassen gibt es am Vormittag besondere Führungen, | zu denen man sich rechtzeitig anmelden muss. | Unsere Klasse musste wochenlang | auf einen freien Termin warten. | Endlich war es gestern Morgen so weit: | Gleich um 8 Uhr in der Frühe | marschierten wir los. | Eine freundliche Mitarbeiterin zeigte uns, | wo Bücher, Spiele und CDs zu finden sind. | Einige besonders Begeisterte | ließen sich sofort einen Leseausweis ausstellen. | Anna, die sich gleich drei Bücher auslieh, | hatte das erste mit dem Titel „Die Bücherdiebin“ | gegen Abend schon ausgelesen!

150 Wörter

Neue Sandalen |

Gestern war ich mit meiner Tochter Franzi Schuhe kaufen. | Unsere Jüngste brauchte dringend neue Sandalen, | die alten waren endgültig zu klein. | Allerdings hatte die Gute sehr genaue Vorstellungen | vom Aussehen der Sandalen. | Etwas Entsprechendes zu finden, | war nicht ganz leicht. | Wir waren in etlichen Geschäften, | aber nicht ein Paar fand ihr Gefallen: | Die einen waren zu klobig, | andere zu unbequem. | Ich fürchtete schon, | wir würden gar nichts Passendes mehr finden, | da entdeckte Franzi doch noch Riemchensandalen in dunklem Rot, | die ihren Vorstellungen entsprachen. | Es handelte sich um eine angesagte Marke | eines Mailänder Herstellers. | Mir gefielen sie zwar in Schwarz am besten, | völlig ermattet habe ich aber zugestimmt und bin nun froh, | dass dieses Thema fürs Erste erledigt ist.

120 Wörter

Fluggastbegleiter gesucht |

Sehr geehrte Frau Hansa, |
Ihre Anzeige in der Frankfurter Zeitung vom 13. Mai | hat mich sehr angesprochen. | Sie suchen Jugendliche, die keine Scheu haben, | ihre Fremdsprachenkenntnisse einzusetzen, | und bereit sind, in den großen Ferien | ausländischen Passagieren beim Umsteigen | auf dem Rhein-Main-Airport behilflich zu sein. | Ich besuche die 10. Klasse der Ikarus-Gesamtschule | und interessiere mich besonders für Fremdsprachen. | In meinem Lieblingsfach Englisch hatte ich schon mehrmals eine Eins. | Auch in Spanisch, meiner zweiten Fremdsprache, | bin ich im Grunde genommen recht gut. | Am besten spreche ich aber Italienisch, | denn meine Mutter kommt aus den Südtiroler Alpen. | Und auf dem Frankfurter Flughafen kenne ich mich bestens aus. |
Wenn meine Kenntnisse Ihren Vorstellungen entsprechen, | freue ich mich über eine Einladung zum Kennenlernen. | Am günstigsten ist es bei mir dienstags, | denn da habe ich nachmittags keinen Unterricht. |
Mit freundlichen Grüßen
Antonio Sommer

139 Wörter

Getrennt- und Zusammenschreibung

Fahrkünstler? |

Manche Leute können beim Autofahren Kaffee trinken, | Telefonate führen oder auch Karten lesen. | Dabei kann das leicht schiefgehen. | Als ob ihnen gar nicht bewusst ist, dass sie Gefahr laufen, | infolge ihrer Unachtsamkeit einen Unfall zu bauen | und den ganzen Verkehr lahmzulegen! | Und Strafe zahlen müssen sie dann natürlich auch. | Darum sollten sie solche Nebenbeschäftigungen besser bleiben lassen. | Neulich sah ich sogar jemanden | vor einer roten Ampel beim Zeitunglesen. | Als die Ampel auf Grün schaltete, | legte er sie noch nicht einmal beiseite. | Da können einem doch die Haare zu Berge stehen.

92 Wörter

April, April |

Am 1. April heißt es wachsam sein, | damit man nicht von irgendjemandem in den April geschickt wird. | Mit frei erfundenen Geschichten oder falschen Informationen | werden leichtgläubige Mitmenschen hereingelegt. | Wird der Schwindel dann aufgedeckt, | sollte man einfach mitlachen, anstatt sich zu ärgern! |
Auch Zeitungen und Radio- oder Fernsehsender | lassen sich bisweilen Aprilscherze einfallen. | Der britische Fernsehsender BBC brachte beispielsweise einmal | einen dreiminütigen Beitrag über eine Spaghetti-ernte* in der Schweiz. | Ein andermal berichteten sie brandaktuell von fliegenden Pinguinen. | Auf der Internetseite der Tagesschau konnten Leser erfahren, | dass die Erkennungsmelodie der Sendung zukünftig | nicht mehr live von einem Orchester gespielt werde. | Allerdings werde der traditionelle Gong weiterhin von Hand geschlagen. |
Woher dieser weitverbreitete* Brauch ursprünglich stammt, | lässt sich nicht mehr zurückverfolgen. | Auch das schnell wechselnde Aprilwetter, auf das gar kein Verlass ist, | wird als Erklärung herangezogen.

135 Wörter

* *auch:* Spagetti-Ernte · weit verbreitete

Dehnung und Schärfung

Wie beruhigend! |

Bewahren Sie kaltes Blut! |
Es besteht keine Gefahr für Leib und Leben. |
Wer rechtzeitig bezahlt, | hat nichts zu verlieren. |
Wir finden heraus, | was hier geschah. |
Die Lage ist nicht so bedrohlich, | wie sie aussieht. |
Gehen Sie lieber | etwas früher nach Hause. |
Das wäre beinahe schiefgegangen. |
Zählen Sie bis zehn | und halten Sie Ihre Schuhe in die Höhe. |
Mir wurden ein Fernseher | und ein Fahrrad gestohlen. |
Ich gelobe(,) | die Wahrheit zu sagen. |
Sie können die Belohnung am Bahnhof abholen. |
Erzählen Sie niemandem, | was Ihnen passiert ist.

106 Wörter

Badefreuden |

Jeden Mittwoch findet bei uns im Hallenbad | ein Nachmittag speziell für Kinder und Jugendliche statt. | An solchen Tagen ist es | in der Umkleidekabine | immer brechend voll. | Nur mit Glück bekommt man | gleich einen Platz. | Selbst unter der Dusche herrscht Gedränge. | Da wird mit Seifenstücken geschossen | und Waschlappen werden hin- und hergeworfen. | In der Schwimmhalle hat der Bademeister | verschiedene Dinge bereitgestellt. | Ringe zum Tauchen, Wasserbälle, | aufblasbare Badetiere und Flossen | liegen schon am Beckenrand. | Am Sprungturm und an der Rutschbahn | steht wegen des Andrangs | eine zusätzliche Aufsichtsperson. | Sie achtet darauf, | dass keiner zu früh | ins Wasser springt oder rutscht. | Solche Spaßtage sind bei allen sehr beliebt | und jeder ist traurig, | wenn das Zeichen | zum Verlassen des Beckens ertönt.

117 Wörter

Was ist nur im Tierpark los? |

Der Zoodirektor ist verzweifelt. | Die Tiere liegen müde in ihren Käfigen und gähnen. | Der Biber und das Krokodil klagen über Zahnschmerzen. | Die Hasen und Kaninchen wollen kein Gras mehr fressen. | Der Tiger hat die Gardinen zugezogen | und möchte ungestört sein. | Man hört nur sein leises Stöhnen. | Er hat Ohrenschmerzen und leidet unter Übelkeit. | Das Personal ist hilflos. | Ein Virus scheint ausgebrochen zu sein. | Aber welche Medizin kann den Tieren helfen? | Vitaminreiche Kiwifrüchte, ruhige Musik | oder Abreibungen mit Meersalz?
Da hat ein Wärter eine Idee. | Er holt eine Spaßmaschine, | die mit Gesang in angenehmer Tonlage | das Wohlbefinden wiederherstellen soll. | Ob das wohl funktioniert?

108 Wörter

Kürbisdessert |

Für diese Nachspeise nimmt man ein Pfund Kürbisfleisch, | ein halbes Pfund Zucker, drei Eier, | eine Tasse Milch, zwei Esslöffel Mehl | und eine Messerspitze Zimt. |
Zuerst wird das grob zerschnittene Kürbisfleisch | mit Wasser bedeckt zum Kochen gebracht | und im offenen Topf kurz gegart, | anschließend wird es püriert | oder durch ein Sieb passiert. | In einer großen Schüssel verrührt man nun alle anderen Zutaten. | Dann wird das Kürbispüree untergehoben | und die Masse in eine feuerfeste Form gefüllt. | Das Ganze muss nun im vorgeheizten Ofen | bei 180 Grad eine halbe Stunde garen. | Sodann wird es auf Dessertteller aus Porzellan oder Kristall gestürzt | und mit Sahne und Nussstückchen serviert. |
Übrigens: Für dieses raffinierte Rezept | kann man statt Kürbisse auch Äpfel nehmen.

117 Wörter

Gleich und ähnlich klingende Laute und Silben

Die treuen Weiber von Weinsberg |

Einst belagerte ein König | eine Festung namens Weinsberg. | Nach längerer Schlacht | mussten sich die Soldaten des Herzogs, | dem diese gehörte, ergeben. | Beim Abzug aus der Burg | gab der König den Frauen die Erlaubnis, | das mitzunehmen, | was sie auf ihren Schultern tragen konnten. | Auf ihre Männer indessen | wartete der Tod. | Die Frauen dachten aber nicht | an die Rettung ihrer Habe, | sondern eine jede | nahm ihren Mann auf die Schultern | und trug ihn aus der Burg. | Als der König dies hörte, | so ist bezeugt, | habe er mild gelächelt | über die List der Frauen, | sein Wort habe er aber gehalten. | Die Burg kam durch dieses Ereignis | zu ihrem Namen „Weibertreu“.

112 Wörter

Der Igel |

Der Igel ist ein drolliger Kauz | und dabei ein guter, furchtsamer Gesell, | der sich ehrlich und redlich | unter Mühe und Arbeit durchs Leben schlägt. | Wenig zum Gesellschafter geeignet, | findet er sich fast stets allein | oder höchstens in Gemeinschaft mit seinem Weibchen. | Unter den dichtesten Büschen, | unter Reisighaufen oder in Hecken | hat sich jeder einzeln | sein Lager aufgeschlagen | und möglichst bequem zurechtgemacht. | Es ist ein großes Nest | aus Blättern, Stroh und Heu. | Die Wohnung des Weibchens ist fast immer | nicht weit von der des Männchens, | gewöhnlich in ein und demselben Garten. | Es kommt wohl auch vor, | dass sich beide Igel | in der warmen Jahreszeit in ein Nest legen; | ja zärtliche Igel vermögen es gar nicht, | sich von ihrer Schönen zu trennen, | und teilen regelmäßig das Lager mit ihr. | Dabei spielen sie allerliebst miteinander, | necken und jagen sich gegenseitig, | kurz, sie kosen zusammen, | wie Verliebte überhaupt zu tun pflegen.

(Aus Alfred Brehm, Brehms Tierleben)

149 Wörter

ICE verfährt sich |

Ein ICE, der auf seinem Weg von München nach Leipzig | eigentlich die Schnellbahntrasse über Nürnberg nehmen sollte, | geriet auf eine Nebenstrecke und fuhr versehentlich | durch das kurvenreiche Altmühltal. | Tags darauf bestätigte ein Sprecher der Deutschen Bahn | den unfreiwilligen abendlichen Umweg des ICE. | Ursache sei ein falsch ausgerichtetes Stellwerk gewesen. | Das könne dazu führen, | dass ein Zug statt nach rechts nach links abbiegt. | Die Sicherheit des Zugverkehrs | sei dadurch nicht beeinträchtigt gewesen, | versicherte er und kündigte an, | die Bahn wolle den Vorgang vollständig und exakt aufklären.

88 Wörter

Lieber Max, |

endlich komme ich dazu, mich bei Dir* zu melden. | Bitte entschuldige, dass es so lange gedauert hat | seit unserem Umzug nach Ostfriesland. | Nun wohne ich schon seit sechs Wochen hier und entdecke viel Neues. | Am letzten Wochenende war ich zum Beispiel zum Boßeln eingeladen. | Man spielt entlang einer geraden Strecke und wirft mit einer Kugel. | Dabei müssen zwei Mannschaften eine bestimmte Entfernung | mit möglichst wenigen Würfen überwinden. | Die Technik sieht leicht aus(,) | und ich war anfangs entsetzt darüber, | wie schlecht ich war. | Doch zum Glück hatte ich mich bis zur Endrunde deutlich gesteigert. | Trotzdem fiel das Endergebnis zugunsten* der Gegenmannschaft aus, | was aber alle mit Humor nahmen, anstatt sich totzuärgern. | Habt Ihr* Euch* schon entschieden, | wann Tobi und Du* mich hier besuchen wollt? | Ich freue mich schon darauf, | Euch* wiederzusehen und Euch* alles zu zeigen, | und bin sicher, dass Ihr* nicht enttäuscht seid. |

Dein Freund Otto

149 Wörter *auch: dir · zu Gunsten · ihr · euch · du · euch · euch · ihr

Der s-Laut

Hier wache ich! |

Interessierst du dich für Hunderassen? | Dann kennst du sicher auch | diesen ganz kleinen Vertreter der Familie, | den Pekinesen. | Viele verbinden mit ihm | das Bild vom verschmusten Schoßhund. | Doch aufgepasst! | Auch wenn er nicht groß ist, | will er doch als vollwertiger Mitbewohner | anerkannt sein. | Wer einen Pekinesen als Hausgenossen wählt, | sollte sich genau nach seinen Bedürfnissen erkundigen. | Denn dieser selbstbewusste | und äußerst wachsame Vierbeiner | schenkt seine Zuneigung nicht jedem | und gibt sofort Laut, | wenn ihm etwas nicht passt.

80 Wörter

Überlebenskünstler am Pol |

Kaiserpinguine leben rings um den Südpol | in der Antarktis. | Während die Sonne dort im Sommer | 24 Stunden am Tag scheint, | lässt sie sich im Winter | wochenlang überhaupt nicht blicken. | Die Temperaturen sinken unter minus 50 Grad. | Doch warum frieren | die bis zu 1,20 Meter großen Tiere dann nicht | am eiskalten Boden fest? | Ganz einfach: In ihren Füßen | wirken die Blutgefäße als Wärmetauscher. | Das warme Blut aus dem Körperinneren | wird in den Füßen stark abgekühlt und, | wenn es zurückfließt, wieder aufgewärmt. | So sind die Füße fast so kalt | wie das frostige Eis, auf dem sie stehen. | Auf diese Weise kann es nicht | anschmelzen und wieder gefrieren, | wie es uns manchmal passiert, | wenn wir mit den Lippen am Eis festkleben.

121 Wörter

Fußballerglück |

Dieses Wochenende fand das Fußballspiel | der Mannschaft von Niklas und Moritz auswärts statt. | Schon nach sieben Minuten schoss Niklas das erste Tor. | Der Ball war drin. | Aber der Torwart behauptete, | dass der Fußball noch auf der Torlinie zum Liegen kam. | Moritz bezweifelte, dass das stimmte. | Er glaubte, dass Niklas eindeutig getroffen hatte. | Der Schiedsrichter dachte das auch | und gab darum zunächst das Tor. | Doch der Trainer der anderen Mannschaft protestierte | und behauptete, dass der Ball eindeutig auf der Linie lag. | Dann beriet sich der Schiedsrichter mit seinen Linienrichtern | und sie beschlossen, dass der Treffer zählte. | Schließlich endete das Spiel unentschieden. | Moritz meinte: „Glück gehabt, dass dein Tor gegeben wurde, | sonst hätten wir verloren.“

114 Wörter

Neujahrsschwimmen am Kleefelder See |

Mitglieder der Deutschen Lebensrettungsgesellschaft und andere Mutige | begrüßten gestern das neue Jahr auf besondere Weise. | Insgesamt sorgten 24 Schwimmerinnen und Schwimmer dafür, | dass den mehr als 300 Zuschauern ein Schauer über den Rücken lief. | Das Wetter der letzten Tage, | das in diesem Jahr besonders kalt war, | hatte den See zufrieren lassen. | „Ich schätze, das Eis ist zehn Zentimeter dick“, | gab Herr Müller vom Schwimmverein bekannt. | Darum hackten Freiwillige erst einmal ein großes Loch in das Eis. | Nur mit Badehose oder Badeanzug bekleidet | stürzten sich die Wasserratten dann in das kalte Nass, | tauchten das ein oder andere Mal unter | und waren froh, dass helfende Hände sie nach wenigen Minuten wieder herauszogen. | „Ein bisschen verrückt, aber einmal musste ich einfach mitmachen“, | äußerte eine Teilnehmerin. | Heiße Getränke und Bratwürste sorgten dafür, | dass allen schnell wieder warm wurde.

138 Wörter

Fremdwörter

Wer rastet, der rostet |

Wer regelmäßig Sport treibt, hält sich fit. | Sport festigt die Muskulatur, verbrennt Kalorien | und stärkt das Herz-Kreislauf-System. | Manche Sportarten, wie zum Beispiel Turnen oder Judo, | erfordern Geschick und gute Balance auch in schwierigster Position. | Für Schwimmen, Boxen, Rudern oder Leichtathletik | braucht man Kondition und Kraft. | Diese bekommt man durch regelmäßiges Training. | Viele Sportarten sind nur in einer guten Mannschaft möglich. | Dann ist Teamgeist gefragt. | Man muss sich aufeinander verlassen können | und sich gegenseitig unterstützen, | wenn man Turniere gewinnen möchte. |
Leider ist bei vielen Disziplinen | eine Verletzung nicht auszuschließen. | Es ist deshalb immer wichtig, | die richtige Ausrüstung zu tragen | und an notwendige Schutzmaßnahmen zu denken. | Vor sportlichen Aktivitäten sollte man die Muskeln gründlich aufwärmen | und so das Verletzungsrisiko minimieren.

123 Wörter

Weltweit bekannte Marke |

Coca-Cola gilt als das bekannteste Erfrischungsgetränk der Welt. | Entwickelt wurde es vor über hundert Jahren | von einem amerikanischen Apotheker. | Sein eigentliches Motiv war es, | ein Mittel gegen Kopfschmerzen und Müdigkeit | auf den Markt zu bringen. | Entsprechend hat er das Getränk | ursprünglich auch als Medizin angeboten. | Von den USA aus wurde das Produkt | später in alle Welt exportiert. |
Die genaue Rezeptur des Softdrinks | gilt als eines der bestgehüteten Geheimnisse. | Das verwendete Sirupgemisch besteht vorwiegend, | so viel ist bekannt, aus reichlich Zucker. | Inzwischen gibt es aber auch kalorienreduzierte Varianten. | Seinen typischen Geschmack erhält das Getränk unter anderem | durch ein Extrakt aus koffeinhaltigen* Kolanüssen.

104 Wörter

*auch: coffeinhaltigen

Bernard, der Eisbär |

Bernard, der Eisbär, so heißt die Hauptfigur | einer Serie von Animationsfilmen, die von einer koreanischen Firma | mit großem internationalem Erfolg produziert wird. | Bernard ist ein sympathischer, tollpatschiger Eisbär, | der in jeder Episode immer wieder in Schwierigkeiten gerät | und nie ohne Blessuren davonkommt. | Ob er Baseball spielen oder joggen will, | ob er im Fitnessclub auftaucht | oder auf einer exotischen Insel landet: | Es wird jedes Mal chaotisch. | Wie er sich aus diesen Situationen wieder befreit, | ohne viele Worte, aber mit sehr viel Slapstick, | das begeistert viele seiner Fans. | Die Serie wurde bereits für viele Auszeichnungen nominiert | und konnte so manche Jury überzeugen.

103 Wörter

Tante Lydia |

Wir hatten Tante Lydia zum Picknick eingeladen. | In regelmäßigem Rhythmus unternehmen wir etwas mit der alten Dame. | Weil das Wetter stabil blieb, | bauten wir draußen auf der Wiese ein rustikales Büfett* auf. | Nele hatte ihren berühmten Rhabarberkuchen | nach einem Rezept aus dem Internet gebacken. | Es sollte Sandwiches geben, | Pastete, Omeletts und Pizza. | Wir hatten auch an komfortable Campingstühle gedacht. |

Tante Lydia hatte sich am Telefon allerdings nur vage geäußert. | Ihr Rheuma mache ihr zu schaffen, | aber sie habe sich den Termin notiert. | So formulierte sie es. | Dabei ist sie sonst recht aktiv und agil. | Nun, wir mussten es akzeptieren | und hatten gerade alles komplett angerichtet, | als von ferne ein Motorroller zu hören war. | Tatsächlich stieg kurz danach Tante Lydia von ihrer Maschine. | Sie habe sich zu ihren bisherigen Hobbys noch ein neues zugelegt, | erklärte sie uns lachend. | Da konnten wir nur noch gratulieren!

143 Wörter

* *auch:* Buffet

8. KLASSE

Worttrennung am Zeilenende

Väterchen Frost |

In Russ-land und an-de-ren Län-dern Ost-eu-ro-pas | brin-gen nicht der Weih-nachts-mann | und das Christ-kind die Ge-schen-ke. | Statt-des-sen er-scheint am Sil-ves-ter-tag | ein Greis mit wei-ßem Bart. | Er trägt ei-nen rie-si-gen Pelz-man-tel | und stützt sich auf ei-nen Eis-zap-fen als Wan-der-stab. | Drei Ren-tie-re zie-hen sei-nen Schlit-ten. | Die-ses Vä-ter-chen Frost war ur-sprüng-lich | ei-ne Ge-stalt des Win-ters. | Seit vie-len Jah-ren je-doch fei-ern die meis-ten Rus-sen | mit ihm das wich-tigs-te Fest des Jah-res. | Es wur-de so-gar | ei-ne ei-ge-ne Post-an-schrift für ihn be-stimmt, | da-mit die Kin-der ihm | ih-re Wunsch-lis-ten sen-den kön-nen.

85 Wörter

Ein buntes Vergnügen |

Si-cher warst du auch schon | auf Rum-mel-plät-zen oder in Ver-gnü-gungs-parks. | Hier gibt es vie-le Fahr-ge-schäf-te, | die für je-den Ge-schmack et-was bie-ten. | Ganz mu-ti-ge Men-schen | fah-ren mit der Ach-ter-bahn | oder ei-ner Wild-was-ser-rutsch-bahn, | die man un-ter Ga-ran-tie klatsch-nass ver-lässt. | Manch-mal kann man sich so-gar | aus gro-ßer Hö-he an ei-nem Gum-mi-seil | in die Tie-fe fal-len las-sen. | Doch die meis-ten Be-su-cher | schau-en bei die-ser Mut-pro-be lie-ber | vom si-che-ren Bo-den aus zu.

Aber auch für die klei-nen oder we-ni-ger mu-ti-gen Gäs-te | ist et-was ge-bo-ten. | Irr-gär-ten, Los-bu-den, | ein Rie-sen-rad oder Ka-rus-sells | dür-fen nir-gend-wo feh-len. | Selbst für das leib-li-che Wohl ist | mit Würst-chen-bu- den, Eis-stän-den | oder Zu-cker-wat-te-ver-käu-fern über-all ge-sorgt.

105 Wörter

Eine Reisegeschichte |

In den Som-mer-fe-ri-en war ich bei mei-nen Groß-el-tern in Ita-li-en ein-ge-la-den. | Zum ers-ten Mal soll-te ich ei-ne so wei-te Stre-cke al-lei-ne mit dem Zug fah-ren. | Ein biss-chen auf-ge-regt war ich schon. | Auf dem Bahn-steig er-fuhr ich, | dass der Schnell-zug Ver-spä-tung hat-te. | Als er dann ein-ge-fah-ren war, such-te ich mei-nen Sitz-platz. | Doch die-ser war be-reits be-legt | und so ver-brach-te ich die ers-te Zeit im Gang. | Erst als der Schaff-ner kam, half er mir, | ei-nen an-de-ren Platz zu fin-den. | Er frag-te mich, ob ich nur die-se ei-ne Ta-sche da-bei-hät-te, | und jetzt re-a-li-sier-te ich, | dass ich mei-nen Kof-fer am Bahn-hof ver-ges-sen hat-te. | Der Schaff-ner te-le-fo-nier-te und er-klär-te mir dann, | dass man mein Ge-päck nach-schi-cken wür-de. | An der Gren-ze muss-ten wir lan-ge war-ten. | Aber schließ-lich konn-te ich mei-ne Oma am Ziel um-ar-men. | Ich war froh, end-lich da zu sein.

137 Wörter

Bammel vor Prüfungen |

Mir ist vor Klas-sen-ar-bei-ten im-mer ganz flau im Ma-gen. | Manch-mal zit-tern mei-ne Bei-ne auch | und mein Herz schlägt ganz schnell. | Ich den-ke dann im-mer: | „Das krie-ge ich doch so-wie-so nicht hin, | be-stimmt wird es wie-der ei-ne Fünf.“ |
Neu-lich ha-be ich bei ei-nem Trai-ning ge-gen Prü-fungs-stress mit-ge-macht. | Da ha-ben wir be-spro-chen, | wie wir uns am bes-ten auf Test-si-tu-a-tio-nen vor-be-rei-ten. | Na-tür-lich, man soll-te den Stoff gut ler-nen. | Das war mir ehr-lich ge-sagt auch vor-her schon klar. | Okay, man könn-te even-tu-ell auch | et-was frü-her da-mit an-fan-gen. | In-te-res-sant* wa-ren dann aber die Ent-span-nungs-übun-gen. | Bei der nächs-ten Ar-beit wer-de ich auf-pas-sen, | dass ich mich vor-her nicht schon in Ge-dan-ken ver-rückt ma-che, | und ver-su-chen, ganz ru-hig zu at-men und so. | Ich bin mal ge-spannt, ob das hilft.

124 Wörter

*auch: in-ter-es-sant

Zeichensetzung

An der Gepäckausgabe |

Sicher hast du am Flughafen | schon die langen, flachen | und im Kreis verlaufenden Förderbänder gesehen. | Die angekommenen Fluggäste stehen davor | und suchen in der nicht enden wollenden Schlange | aus dicken oder dünnen, | einfarbigen oder bunten Koffern, | Reisetaschen und Rucksäcken ihr Gepäck. | Manchmal kommt es vor, | dass einige Fluggäste ungeduldig drängeln, schubsen, | streiten oder sogar Mitreisende beschimpfen. | Doch die meisten | sind einfach froh, zufrieden und erleichtert, | wenn sie ihr Gepäckstück sicher und wohlbehalten | in Empfang nehmen können. | Ab und zu kommt es vor, | dass ungewöhnliche Gepäckstücke vorüberziehen. | Es handelt sich hierbei | um sperrige Kisten, Kartons, | unförmige Gebilde | oder Tiertransportkisten, | die als Sperrgut aufgegeben worden sind.

107 Wörter

Die Eiche und die Eintagsfliege |

Es stand einmal im Wald | eine sehr alte Eiche. | Um ihre Krone tanzte eine Eintagsfliege | und ruhte sich ab und zu | auf einem Eichenblatt aus. | Da sagte der Baum: | „Du armes kleines Wesen! | Nur einen Augenblick | währt dein ganzes Leben. | Wie traurig das ist!“ | „Traurig, was meinst du damit?“, | fragte die Eintagsfliege. | „Alles ist doch hell, warm und herrlich!“ | „Aber nur einen Tag, | dann ist alles vorbei!“, | erwiderte die Eiche. | „Bist du auch vorbei?“, | wunderte sich die Eintagsfliege. | „Nein, ich lebe viele Tausende von deinen Tagen.“ | „Du hast Tausende von Tagen“, | entgegnete die Eintagsfliege, | „aber ich habe Tausende von Augenblicken, | um darin froh und glücklich zu sein.“ | Mit diesen Worten | schwang sie sich in die Luft empor | und flog davon.

(Nach Hans Christian Andersen: Der Traum der alten Eiche)

125 Wörter

Astrid Lindgrens berühmteste Figur |

Als Karin, die Tochter von Astrid Lindgren, | einmal krank im Bett lag, bat sie ihre Mutter: | „Erzähl mir doch Geschichten von Pippi Langstrumpf!“ | Dass dieser Name, den Karin sich selbst ausgedacht hatte, | einmal weltberühmt werden würde, | hatte sie damals sicher nicht vermutet. | Die Mutter erfand viele lustige Erlebnisse der frechen Seeräubertochter, | die plötzlich mit Pferd, Affe und Goldkoffer | in einer kleinen schwedischen Stadt auftaucht. | Doch sie wären niemals aufgeschrieben worden, | wenn Astrid Lindgren nicht einen kleinen Unfall gehabt hätte. | Sie selbst beschreibt das so: | „Doch dann kam dieser Schnee, der die Straßen glitschig wie Schmierseife machte. | Ich fiel hin, verstauchte mir den Fuß, | musste liegen und hatte nichts zu tun. | Was tut man da? | Man schreibt vielleicht ein Buch. | Ich schrieb Pippi Langstrumpf.“

127 Wörter

Verkehrschaos |

Gestern fiel in unserer Kleinstadt, | sie liegt in der Nähe von Hamburg, | für mehrere Stunden der Strom aus. | Im Supermarkt taute die ganze Tiefkühlware auf. | Meine Mutter, die dort als Verkäuferin arbeitet, | brachte abends Berge von Lebensmitteln aus dem Kühlregal mit. | Selbst die Ampeln an der Kreuzung fielen aus, | sodass* der Verkehr zum Stillstand kam. | Mehrere Fahrer, sie haben wohl nicht aufgepasst, | stießen mit ihren Autos zusammen. | Ein schneller italienischer Sportwagen hatte einen Totalschaden, | er musste abgeschleppt werden. | Mein Vater, der in einem Bürohochhaus arbeitet, | blieb im Aufzug stecken und wurde erst nach einer halben Stunde befreit. | Für mich war erfreulich, | dass ich von all diesen Vorfällen nichts mitbekam, | da ich nachmittags auf dem Sportplatz beim Fußballspielen war. | Erst zu Hause* erfuhr ich davon.

125 Wörter*   * *auch:* so dass · zuhause

Alle Phänomene gemischt

Das Dromedar |

Ein Leben in heißen Wüstengebieten | ist beschwerlich. | Nur wenige Tiere sind angepasst an das Klima, | das dort herrscht. | Eines dieser Tiere ist das Dromedar. |

Man hat festgestellt, | dass die Körpertemperatur des Dromedars | während der Nacht stark absinkt. | Im Laufe eines Tages | wärmt sich der Körper des Tieres | nur langsam auf(,)| und es schwitzt erst | bei sehr hohen Körpertemperaturen. | So spart das einhöckrige Kamel Wasser. |

Dromedare können außerdem längere Zeit | ohne Nahrung auskommen. | Dies liegt daran, | dass sie in ihrem Höcker Fett speichern, | welches ihnen als Reserve dient.

89 Wörter

Große Seefahrer |

In Zeiten der großen Seefahrer und Entdecker | war es etwas Besonderes, | seine Heimat zu verlassen | und auf Reisen zu gehen. | Oft waren die mutigen Männer | jahrelang unterwegs(,)| und nicht alle kehrten nach Hause zurück. | Auf den Segelschiffen | fuhr immer die Angst vor Piraten | und orkanartigen Stürmen mit. Oft wurde das Süßwasser faulig(,)| und die Vorräte verdarben. | Dadurch waren Krankheiten vorprogrammiert(,)| und die Matrosen waren froh, | nach langer Fahrt über die Weltmeere | wieder festen Boden unter den Füßen zu haben. |

Oft brachten die Mannschaften | wertvolle Gewürze oder Edelsteine | von ihren Abenteuern mit in die Heimat. | Auf diese Weise entstanden Handelsbeziehungen, | die immer weiter ausgebaut wurden. | Neue Kontinente und Länder wurden | im Auftrag von Königs- und Fürstenhäusern entdeckt. | Manche Seefahrer kamen dadurch zu Reichtum | und erlangten Ruhm und Ansehen.

129 Wörter

Süße Verführung |

Zu den Süßigkeiten, die bei Kindern besonders beliebt sind, | gehört sicherlich die Zuckerwatte. | Sie wurde vor über hundert Jahren | von zwei amerikanischen Konditoren erfunden | und ist seither von Jahrmärkten | und Volksfesten nicht mehr wegzudenken. | Hergestellt wird sie mit einer speziellen Maschine, | in der eine Portion Zucker erhitzt | und so verflüssigt wird. | In einer sich drehenden Schüssel | wird der geschmolzene Zucker dann | geschleudert und erstarrt dabei zu Fäden, | die wie ein riesiger Wattebausch | auf einen Holzstab gewickelt werden. |

Etwas weniger beliebt | ist dieser süße Spaß bei den Eltern. | Schon nach kurzer Zeit wird die bauschige Watte nämlich | zu einer klebrigen Masse, | die sich nur schwer von Händen | und Kleidern entfernen lässt. | Doch das tut der Begeisterung | der kleinen Naschkatzen | keinen Abbruch.

122 Wörter

Strohhalm, Kohle und Bohne |

Eine alte Frau wollte Bohnen kochen. | Dafür zündete sie | das Feuer im Herd mit Stroh an. | Als sie die Bohnen in den Topf schüttete, | fiel unbemerkt eine | auf den Boden neben einen Strohhalm. | Bald danach sprang auch eine glühende Kohle | vom Herd zu den beiden herab. | Die drei freuten sich, | dass sie gerade noch | dem sicheren Tod entwischt waren, | und beschlossen, | von nun an als gute Freunde zusammenzuhalten. | Gemeinsam machten sie sich auf den Weg. |

Bald kamen sie an einen kleinen Bach, | an dem es keine Brücke gab. | Wie sollten sie hinüberkommen? | Der Strohhalm hatte eine gute Idee. | Er legte sich quer über den Bach | von einem Ufer zum andern. | Die Kohle trippelte keck | auf die neu gebaute Brücke. | Als sie in die Mitte gekommen war | und das Wasser rauschen hörte, | bekam sie Angst, blieb stehen | und getraute sich nicht weiter. | Deshalb fing der Strohhalm an zu brennen, | zerbrach und fiel in den Bach. | Die Kohle rutschte nach | und gab im Wasser den Geist auf. |

Die Bohne, die noch am Ufer stand, | musste darüber so gewaltig lachen, | dass sie zerplatzte. | Nun war es ebenfalls um sie geschehen. | Doch ein Schneider, | der sich an dem Bach ausgeruht hatte, | holte Nadel und schwarzen Zwirn heraus | und nähte sie wieder zusammen. | Seitdem haben alle Bohnen eine schwarze Naht.

(Frei nach den Brüdern Grimm)

219 Wörter

Der mit Salz beladene Esel |

Ein Esel war schon seit dem Morgen unterwegs. | Auf dem Rücken trug er schwere Säcke voller Salz(,) | und er war müde. | Er kam an einen Fluss, den er überqueren musste. | An einer flachen Stelle stieg der Esel in das Wasser. | Aber bald kam er so ins Straucheln, dass er hinfiel. | Er blieb einige Augenblicke im Fluss liegen, | um im kühlen Wasser frische Kraft zu schöpfen. | Beim Aufstehen fühlte er sich | um einen großen Teil seiner Last erleichtert, | weil sich das Salz im Wasser aufgelöst hatte. | Das merkte er sich. |

Am folgenden Tag bestand seine Last aus vielen Schwämmen, | die sich hoch auf seinem Rücken türmten. | Sobald der Esel an dem Fluss angekommen war, | ließ er sich mit Absicht ins Wasser fallen. | Doch dieses Mal saugten sich die Schwämme schnell mit Wasser voll. | Dadurch waren sie viel schwerer als vorher. | Die Last war so groß, dass der Esel | nicht mehr von allein aufstehen konnte. |

Merke: Nicht jedes Mittel taugt für jeden Fall.

(Nach Äsop)

166 Wörter

Karneval |

Karneval, Fastnacht oder Fasching wird die Zeit genannt, | in der vor Beginn der christlichen Fastenzeit noch einmal tüchtig gefeiert wird. | Vor allem im Rheinland und in Süddeutschland | wird diese turbulente Zeit mit vielen Bräuchen begangen. | Der Höhepunkt ist vielerorts der Rosenmontag. | An diesem Tag finden in den Hochburgen des Karnevals(,) | wie in Aachen, Köln oder Mainz(,) | lange Faschingsumzüge statt. | Blaskapellen, Tanzgarden mit Funkenmariechen und bunt geschmückte Wagen | schlängeln sich langsam durch die von Zuschauern gesäumten Straßen. | Oft werden dabei Politiker, aktuelle Themen aus der Wirtschaft | oder große Ereignisse aus dem Sport auf die Schippe genommen. | Besonders die jüngeren Zuschauer freuen sich über Bonbons und Süßigkeiten, | die von den Wagen in die schunkelnde Menge | am Straßenrand geworfen werden. | Farbenfroh geschminkt und verkleidet feiern viele Narren | in Festhallen, Gaststätten oder auf den Straßen der Innenstädte weiter. | Am Aschermittwoch ist das bunte Treiben vorbei | und der graue Alltag holt die Jecken wieder ein.

151 Wörter

Clevere Diktatetipps

1 Diktate üben – aber wie?

Diktate kannst du auf unterschiedliche Weise üben. Überlege zunächst, welchen Bereich der Rechtschreibung du üben willst. Die Checkliste auf Seite 223 hilft dir, deine bisherigen Fehlerschwerpunkte zu erkennen. Wenn du jedoch bereits weißt, welche Art von Fehlern du (besonders) häufig machst, wähle im Inhaltsverzeichnis einen passenden Text deiner Klassenstufe aus. Dann kannst du unterschiedliche Diktatformen wählen:

- **Das Eigendiktat**
  Bei dieser Form des Diktateübens liest du zunächst den kompletten Text einmal durch. Nimm dann ein Stück Papier oder Pappe und decke den Text so ab, dass du nur eine Textzeile siehst. Merke dir diese Zeile und schreibe sie auf. Arbeite dich so Zeile für Zeile bis ans Ende durch.

- **Das Audiodiktat**
  Mit den MP3-Diktaten zu diesem Buch kannst du ganz selbstständig üben **(www.duden.de/222-diktate)**. Lege das Buch zur Seite und klicke die Nummer (den Dateinamen) des MP3-Diktats an. Höre dir den ausgewählten Diktattext zuerst ganz an. Er wird in kurzen Abschnitten vorgelesen. Spiele das Diktat dann ein zweites Mal in den vorgelesenen Abschnitten ab. Wenn das Pausenzeichen ertönt, klicke auf das Stopp-Symbol und schreibe den Abschnitt auf. So kannst du dir Abschnitt für Abschnitt diktieren lassen. Anschließend kannst du den ganzen Text noch einmal ohne Pausen anhören. Kontrolliere dabei, ob du auch nichts vergessen hast, und überprüfe die Schreibungen.

- **Das Partnerdiktat**
  Du kannst auch jemanden bitten, dir einen Text zu diktieren. Wenn du mit einem Freund oder einer Freundin lernst, solltet ihr euch mit dem Diktieren abwechseln.

Für alle Diktatformen gilt: Lies den Text am Ende noch einmal durch. Korrigiere dabei Fehler, die du entdeckst. Schwierige Wörter kannst du im Wörterbuch nachschlagen. Vergleiche den Text dann mit der Vorlage, streiche Fehler an und verbessere sie. Lies dir zu deinen typischen Fehlern auch noch einmal gezielt die Rechtschreibregeln durch – einen

Überblick über die wichtigsten Regeln findest du unter **www.duden.de/222-Diktate**. Beim Einprägen der richtigen Schreibweisen hilft dir eine Lernkartei (↑ S. 224).

2 Ideale Lernbedingungen schaffen

Dein Schreibtisch

Egal ob du Vokabeln, Regeln oder Merkwörter lernst: Ohne Konzentration läuft gar nichts. Voraussetzung dafür ist ein aufgeräumter Arbeitsplatz. Bevor du mit dem Lernen anfängst, räumst du am besten deinen Schreibtisch auf, denn du kannst nicht konzentriert lernen, wenn dich zu viele Dinge ablenken. Ein Nachschlagewerk sollte aber bereitliegen.

Keine Ablenkungen

Achte auch darauf, dass du an einem ruhigen Ort lernst, wo du nicht gestört wirst. Dröhnende Musik, ein laufender Fernseher oder Gespräche von anderen können dich daran hindern, dich zu konzentrieren.

Die richtige Lernzeit

Jeder Mensch hat seine persönliche Lernzeit. Finde heraus, wann du dich am besten konzentrieren kannst, und übe dann regelmäßig immer zur gleichen Zeit. Auch das macht das Lernen leichter!

3 Der Ernstfall – das Diktat in der Schule

Oft kannst du schon vor der offiziellen Ankündigung deiner Lehrerin / deines Lehrers erkennen, ob bald ein Diktat ansteht: So können etwa Übungsdiktate oder die Wiederholung von Rechtschreibstrategien (↑ S. 221) Hinweise auf eine anstehende Klassenarbeit sein.

Sich richtig vorbereiten und rechtzeitig aufhören!

Achte darauf, dass du frühzeitig mit dem Lernen beginnst und immer regelmäßig den Unterrichtsstoff wiederholst. Bei der Vorbereitung solltest du auf keinen Fall zu viel auf einmal lernen. Teile dir den Lernstoff ein und lerne jeden Tag ein bisschen. Am Nachmittag vor dem Diktat solltest du dann mit dem Lernen aufhören.

10 Minuten vor dem Diktat – kein Stress!
Gegen Anspannung und Stress hilft am besten Bewegung. Spaziere in der Pause vor dem Diktat eine Runde über den Schulhof und rufe dir vergangene Erfolgserlebnisse in Erinnerung. Achte nicht auf die Mitschüler, die die ganze Zeit darüber reden, wie unglaublich schwierig das Diktat wird. Sie stecken dich sonst mit ihrer Unruhe an.

Letzte Vorbereitungen
Schau kurz vor dem Diktat noch einmal, ob dein Füller genug Tinte hat. Setze im Zweifelsfall lieber eine neue Patrone ein, damit du sie nicht während des Schreibens wechseln musst. Überprüfe auch, ob noch genügend Platz im Diktatheft ist. Lege eventuell ein Ersatzheft bereit.

Diktate mit System schreiben
Die folgenden fünf Regeln helfen dir dabei, ein Diktat strukturiert und systematisch anzugehen:

Fünf Regeln für Erfolg beim Diktat

1. Sich konzentrieren
2. Lücken lassen
3. Schwierige Wörter markieren
4. Schwierige Wörter mit Strategie kontrollieren
5. Genau kontrollieren

1. Sich konzentrieren
Konzentriere dich ganz auf deine Lehrerin / deinen Lehrer, wenn sie bzw. er den gesamten Diktattext vorliest. Achte auf den Inhalt jedes Satzes und auf seine Struktur.

2. Lücken lassen
Wenn du ein Wort beim Schreiben nicht genau verstanden hast, lässt du eine Lücke. Die Lücke kannst du füllen, wenn der Satz am Ende noch einmal wiederholt wird.

3. Schwierige Wörter markieren

Wenn du nicht genau weißt, wie ein Wort geschrieben wird, kennzeichne es, damit du die Stelle später wiederfindest. Schaue es dir dann genauer an, wenn du das Diktat am Schluss kontrollierst.

4. Schwierige Wörter mit Strategie kontrollieren

Überlege bei schwierigen Wörtern in der Zeit, die du zum Korrigieren hast, mit welcher Strategie (↑ S. 221) du die richtige Schreibweise erschließen kannst. Stelle dir zum Beispiel folgende Fragen:

- Ist das Wort ein Eigenname oder ein Substantiv (Nomen)?
- Kannst du es verlängern, um einzelne Laute besser zu hören?
- Lässt sich das Wort zerlegen oder kennst du ein verwandtes Wort, zum Beispiel aus der Wortfamilie?

5. Genau kontrollieren

Lies dein Diktat am Ende ganz genau durch.

Dein 5-Punkte-Korrekturprogramm

- Sind alle Satzanfänge großgeschrieben und alle Satzschlusszeichen gesetzt?
- Hast du alle markierten Wörter überprüft und alle Lücken, die du beim Schreiben gelassen hast, gefüllt?
- Hast du Wörter am Zeilenende richtig getrennt?
- Sind alle Sätze sinnvoll und vollständig?
- Hast du jedes Wort überprüft und stimmen die Endungen?

Wenn du noch Zeit hast, kontrolliere den Text ein weiteres Mal von hinten nach vorne. Auf diese Weise nimmst du die Wörter aus ihrem Sinnzusammenhang und kannst Fehler nicht so leicht übersehen.
Achte auch darauf, dass alles sauber geschrieben und gut lesbar ist.

Nach dem Diktat ist vor dem Diktat

Wenn du das Diktat zurückbekommen hast, sieh dir deine Fehler genau an. Finde heraus, welche Art von Fehlern dir besonders oft passiert. Das können etwa Fehler sein, die mit der Großschreibung von substantivierten Wörtern oder mit der Kommasetzung zu tun haben. (↑ S. 223) Wenn du deine typischen Fehler kennst, kannst du effektiver üben. Du kannst dir zu deinen Fehlerschwerpunkten auch noch einmal gezielt die Rechtschreibregeln mit Beispielen durchlesen – eine Kurzfassung findest du unter **www.duden.de/222-diktate**.

4 Rechtschreibstrategien

Zehn Strategien für eine bessere Rechtschreibung
Du kannst verschiedene Strategien, also Vorgehensweisen, anwenden, um herauszufinden, wie ein Wort geschrieben wird.

1. Verlängerungsprobe

Häufig sind Konsonanten am Ende eines Wortes schwer zu erkennen. Um herauszufinden, mit welchem Konsonanten es endet, verlängere es.

- Bei Substantiven bildest du den Plural.
  Beispiele: *das Hemd – die Hemden, das Gras – die Gräser.*
- Bei Verben bildest du die Grundform.
  Beispiel: *Sie schrieb – schreiben.*
- Bei Adjektiven bildest du eine Steigerungsform.
  Beispiele: *klug – klüger, fies – fieser.* (↑Diktate, S. 84–86)

2. Ableitungsprobe

- Die meisten Wörter mit *ä* lassen sich von einem Wort mit *a* ableiten. Suche deshalb verwandte Wörter mit *a* oder *au*.
  Beispiele: *Räuber – Raub, Kälte – kalt*. Im Unterschied dazu: *Eule, selten.* (↑Diktate, S. 79–82)
- Auch die richtige Schreibweise von x-Lauten lässt sich manchmal so herausfinden:
  Beispiel: *Klecks – kleckern.* (↑Diktat, S. 89)

3. Gleichen Wortstamm suchen

Wörter mit gleichem Wortstamm werden auch gleich geschrieben:
Beispiel: *Fehler, fehlerhaft, fehlen.*

4. Wortbausteine analysieren

Das Zerlegen von Wörtern erleichtert oft das richtige Schreiben.
Beispiele: *ab-brems-en, Vor-runde, Ballett-tänzer, ver-rutsch-en.*

EXTRA

5. Vokallänge beachten

- Bei vielen Wörtern wird nach einem kurzen, betonten Vokal der folgende Konsonant verdoppelt.
  Beispiele: *Kamm, Zettel.* (↑Diktate, S. 69 f., 75 f.)
- Vorsicht bei *z* und *k*! *zz* wird dann zu *tz* und *kk* meist zu *ck*.
  (↑Diktate, S. 73 f.)

6. s, ss oder ß?

- Nach einem kurzen Vokal folgt fast immer *ss*.
- Nach einem langen Vokal und nach einem Diphthong (Doppelvokal) steht *s* oder *ß*.
  Beispiele: *Spaß, Maus.*
- Nach Konsonanten und am Wortanfang steht immer nur ein *s*.
  Beispiele: *Erbse, Sinn.* (↑Diktate, S. 100–110)

7. Ersatzprobe bei das oder dass

- *Das* mit einem *s* schreibt man immer dann, wenn man *das* durch *ein, welches, dieses* oder *jenes* ersetzen kann.
- *Dass* mit *ss* dagegen lässt sich durch kein anderes Wort ersetzen.
  (↑Diktate, S. 111–121)

8. Artikel- oder Begleitprobe bei Substantiven

Prüfe, ob vor dem Wort ein Artikel steht oder ob du einen Artikel oder eine unbestimmte Mengenangabe davor setzen könntest, wenn nichts da steht. Gelingt die Probe, ist es ein Substantiv und du schreibst es groß.
Beispiel: *Mit Paul macht (das) Spielen Spaß.* (↑Diktate, S. 21–24)

9. Versteckte Artikel suchen

Manche Präpositionen wie *beim, im* oder *zum* sind mit einem Artikel verschmolzen. Verben, die in Kombination mit diesen Wörtern stehen, werden immer großgeschrieben.
Beispiel: *Ich gehe zum Schwimmen.*

10. Eselsbrücken

Manche kniffligen Schreibweisen merkst du dir am besten mit einer Eselsbrücke:

- *Gar nicht wird gar nicht zusammengeschrieben.*
- *Wer nämlich mit h schreibt, ist dämlich!*

5 So bekommst du Fehler in den Griff

Um deine Fehlerschwerpunkte zu untersuchen, nimmst du am besten deine letzten Diktate oder Aufsätze und trägst mit dem Bleistift für jeden Fehler in der entsprechenden Zeile der Checkliste einen Strich ein. Kommen in bestimmten Bereichen gehäuft Fehler vor? Dann übe ganz gezielt mit den Übungsdiktaten zu diesen Bereichen.

Checkliste zur Fehleranalyse

Kapitel	Fehlerstelle	Fehleranzahl (Strichliste)
1	**Groß- und Kleinschreibung**	
2	**Getrennt- und Zusammenschreibung**	
3	**Dehnung und Schärfung**	
	Dehnung: aa/ee/oo, Dehnungs-h, -ie	
	Schärfung: Doppelkonsonant; ck und tz	
4	**Gleich und ähnlich klingende Laute und Silben**	
	e/ä – eu/äu – ei/ai	
	b/p – d/t – g/k	
	f, ph und v	
	x-Laut	
	-ig und -lich, ent- und end-	
5	**Der s-Laut**	
	s, ss oder ß	
	das oder dass	
6	**Fremdwörter**	
7	**Worttrennung am Zeilenende**	
8	**Zeichensetzung**	
	Kommasetzung	
	Sonstige Zeichensetzung	
	Wörtliche Rede	
	Sonstige Fehler	
	Buchstabendreher, andere Fehlerart	

Clevere Lernmethoden zur Rechtschreibung

Neben dem Diktat gibt es noch andere Wege, die Rechtschreibung zu trainieren und Fehler in den Griff zu bekommen. Je abwechslungsreicher du übst, desto leichter kannst du das Gelernte behalten. Beim Lernen und bei der Vorbereitung können dir diese Methoden helfen:

- **Lernkartei:** Schwierige Wörter kannst du dir mithilfe einer Lernkartei einprägen. Die Karten dafür kannst du dir per Download **www.duden.de/222-diktate** auf deinen Computer holen, auf etwas stärkerem Papier ausdrucken und ausschneiden. Dann beschriftest du die Karten mit deinen Merkwörtern und sortierst sie in einen Karteikasten ein; eine Vorlage dafür kann ebenfalls unter dem oben genannten Link heruntergeladen werden. Zum Lernen gehst du dann folgendermaßen vor: Sieh dir eine Karte genau an, lege sie beiseite und schreibe das Wort auf. Wenn du es richtig geschrieben hast, wandert die Karte in das nächste Fach. Bei einem Fehler bleibt sie im ersten. Ein- bis zweimal im Monat nimmst du dir die Karten aus dem zweiten Fach vor, um zu überprüfen, ob du die Wörter noch kannst. Die Wörter, die sitzen, kommen wieder ein Fach weiter, die anderen wandern zurück ins erste Fach usw.

- **Wörter für die Zimmerwand:** Schreibe fehlerträchtige Wörter auf einen Zettel und hänge ihn dort auf, wo du ihn immer wieder sehen kannst, zum Beispiel an den Badezimmerspiegel oder an deine Zimmerwand. So kannst du dir Wörter beim Zähneputzen oder im Vorbeigehen einprägen. Wechsle nach ein paar Tagen den Zettel aus.

- **Spickzettel:** Schreibe Wörter, deren Schreibweise du ständig vergisst, auf einen kleinen Zettel und lies ihn dir immer wieder mal durch. Aber wirf den Zettel weg, bevor das Diktat beginnt!

- **Lernplakat:** Fertige für Merkwörter mit ihren Wortfamilien ein Lernplakat an. Schreibe dazu das Merkwort in die Mitte und gruppiere verwandte Wörter darum herum.

- **Schreiben, schreiben, schreiben:** Je mehr du schreibst, desto sicherer wirst du in der Rechtschreibung. Deshalb übe so viel wie möglich: Einkaufszettel, E-Mails, Gedichte, Briefe ...

Viel Erfolg!